MEINUNGEN

„Ms. Hatler schreibt witzige, intelligente Dialoge, die einen beim Lesen immer wieder laut auflachen lassen."
— *Night Owl Reviews*

„Ms. Hatler macht einen fantastischen Job, indem sie ihre LeserInnen direkt in das Herz ihrer Story transportiert. Sie lässt sich einen fühlen, wie einen zusätzlichen Charakter und dabei zeigt sie immer eine große Portion Humor."
— *Katie's Clean Book Collection über Die Hoppla-Insel*

„Ich habe Susan Hatlers Liebesgeschichten schon immer geliebt ... doch diese Geschichte hebt alles auf ein neues Level."
— *Marsha @ Keeper Bookshelf über Der Weihnachtskompromiss*

„Eine wundervolle und perfekte Veröffentlichung, um einen stressigen und verrückten Tag hinter sich zu lassen."
— *Cafè of Dreams Book Reviews über Das freundlichste Festival*

„Susan Hatler ist die Beste, wenn es um süße Romcom geht und dieses Buch ist ganz oben auf meiner Favoritenliste."
— *YeahOrNeighReviews on Das eine Million-Dollar Date*

BÜCHER VON SUSAN HATLER

Serie: Ein neuer Versuch für ein Date

Das eine Million-Dollar Date

Das Doppeldate Desaster

Das Date mit dem Nachbarn

Das Rettungsdate

Das Fashiondate

Es war einmal ein Date

Das Insel-Date

Ein Date in der Stadt

Das Date-Versehen

Das Dekadenz-Date

Serie: Liebe in Christmas Mountain

Der Weihnachtskompromiss

Es war der Kuss vor Weihnachten

Ein zuckersüßes Weihnachten

Ein falscher Ehemann zu Weihnachten

Der Weihnachts-Wettbewerb

Serie: Die Hochzeitsflüsterin

Die Hochzeitsbrosche

Der Hochzeitsverbindung

Mein Hochzeitsdate

Die Hochzeitswette

Das Hochzeitsversprechen

BÜCHER VON SUSAN HATLER

Serie: Lieber ein Date als nie

Liebe beim ersten Date

Wahrheit oder Date

Mein letztes Blind Date

Rette dieses Date

Perfektes Date auf Umwegen

Lizenz zum Date

Zum Date getrieben

Hauptsache up to date

Ein Déjà-Date

Ein Date und nix wie weg

Serie: Blue Moon Bay

Das Zweite Chance-Inn

Das Schwesterschafts-Versprechen

Der Star-Traum

Das Freundschaftscottage

Die Weihnachtshütte

Die Hoppla-Insel

Die Hochzeitsboutique

Der Weihnachtsladen

BÜCHER VON SUSAN HATLER

Serie: Montana-Träume

Das freundlichste Festival

Das atemberaubende Abendessen

Die schönste Boutique

Der unvergessliche Berg

Die herrliche Hochzeit

Die glücklichste Wanderung

Die süßeste Überraschung

Jugendromane

Erschüttert

Das Herzblatt-Dilemma

Sieh mich

DAS FASHIONDATE

SUSAN HATLER

DAS FASHIONDATE

SUSAN HATLER

Widmung

Umarmungen und Küsse für meine Liebsten
Ellen Price und Ann Rego.
Danke für all eure Unterstützung.

KAPITEL EINS

Ich würde nicht sagen, dass die Beliebtheit meiner neuen, gehobenen Modeboutique die Tatsache wiedergutmachte, dass mein Ex-Verlobter mich mit meiner Trauzeugin betrogen hatte, aber es hatte es zumindest ein wenig gelindert. Ich, Missy Peters, war vom Supermodel zur Geschäftsinhaberin geworden und ich mochte dieses Gefühl.

Von der zwei Stunden nördlich gelegenen kleinen Stadt Blue Moon Bay in die Innenstadt von Sacramento zu ziehen, war definitiv eine gute Entscheidung gewesen, aber um den letzten Monat von Sonnenaufgang bis -untergang arbeiten zu können, um mein Geschäft auf den Weg zu bringen, war es nötig gewesen, dass ich meinen Tag mit einer positiven Einstellung, Abenteuerlust und einem gewissen Etwas namens Kaffee startete.

Meine High Heels klackerten in einer schnellen Geschwindigkeit auf dem belebten Bürgersteig, während ich mich auf den Weg zu meinem liebsten Kaffeewagen machte. Ein endloser Strom an Menschen floss an mir vorbei, als eine Schulter gegen meine stieß.

„Entschuldigung", sagte ich und drehte mich um, gerade, als mein pinker Absatz sich in einer Fuge des Gehwegs verfing. Ich stürzte seitlich direkt in die Arme eines Mannes, der in der Schlange von Courtneys Kaffeewagen stand.

„Ich hab Sie", sagte der Mann mit einer tief schnurrenden Stimme, die mir ein Kribbeln im Bauch bereitete.

„Gut gefangen", meinte ich zu ihm und fühlte mich wie ein absoluter Tollpatsch, als ich zu meinem Retter hinaufsah.

Dunkle, kaffeebraune Augen blickten zu mir hinunter. Schluck. Der olivfarbene Hautton und seine dunklen Haare machten ihn zur Definition von groß, gebräunt und gutaussehend. Wacklig auf meinen unsicheren Beinen hielt ich mich an seinen starken Armen fest und bemerkte, dass er es geschafft hatte, sich noch heißer zu machen, indem er die Ärmel seines Hemdes nach oben gekrempelt hatte. Ich kannte diesen Stoff gut und das Hemd hatte ziemlich sicher ein ordentliches Sümmchen gekostet, aber er trug es mit der Eleganz von jemandem, der sich in teuren Marken zu Hause fühlte.

„Alles okay bei Ihnen?", fragte er mit sanfter Stimme, seine Lippen zuckten an den Mundwinkeln.

Da ich in seinen Armen und nicht ausgestreckt auf dem Gehweg lag, war ich offensichtlich mehr als alles andere peinlich berührt. Ich meine, bitte. Ich war auf internationalen Laufstegen in High Heels, die doppelt so hoch waren, gelaufen und nie hingefallen – auch, wenn ich es vielleicht in Erwägung gezogen hätte, wenn dieser Typ dort gewesen wäre.

Oh Mann. Es war schon viel zu lange her, seitdem ich das letzte Mal ein ordentliches Date gehabt hatte.

„Mir geht es bestens, dank Ihnen." Ich richtete mich auf und lächelte dann, während ich eine lange, dunkle Strähne hinter mein Ohr schob. Mein Herz schien zu vergessen, wie es in einem normalen Rhythmus schlug und ich spähte instinktiv auf seinen Ringfinger: *nichts*. Nach meiner Trennung hatte ich eher lockere Dates gehabt und ich hatte nie zu vorsichtig sein können, um sicherzugehen, dass ein Typ auch wirklich Single war.

Er hielt seine linke Hand hoch. „Nein, nicht verheiratet. Nicht einmal ein Bräunungsstreifen, sehen Sie?"

Seine Unverfrorenheit entrang mir ein ungläubiges Lachen. „Sie hätten den Blick als ein Kompliment auffassen können und mich nicht darauf ansprechen müssen. Vielleicht ist mir das durch Sie so peinlich geworden, dass mein Interesse verschwunden ist."

Ein Lächeln machte sich auf seinen Lippen breit. „Sie wirken auf mich nicht wie eine Frau, der so schnell etwas peinlich ist."

„Das stimmt allerdings", antwortete ich, streckte ihm meine Hand entgegen und dachte, dass das Kaffeeholen diesen Morgen auf gutem Weg war, interessanter zu werden als sonst normalerweise. „Ich bin Missy Peters."

„Nick Zambini." Er nahm meine Hand und drückte sie leicht. „Schön, dich kennenzulernen, Missy. Überprüfst du die Hand jedes Mannes, um zu sehen, ob er verheiratet ist? Oder habe ich Glück?"

„Nicht bei jedem Mann", sagte ich und fragte mich, ob ihn das zu dem Glücklichen machte oder mich. Ich wäre ziemlich froh darüber, wenn ich ein nettes Date mit diesem Hottie ergattern und für einen Abend oder zwei aus dem Haus kommen könnte. Ich war diesen letzten Monat durch die Eröffnung meines Ladens ziemlich eingepfercht gewesen.

„Also habe ich *doch* Glück, es geschafft zu haben. Wie entscheidest du, bei wem du genauer hinsiehst?", fragte er ein wenig humorvoll. Die Schlange am Kaffeewagen vor uns wurde kürzer und er schwang in einer Geste einen Arm vor sich, damit ich mich vor ihn stellen sollte. Gutaussehend *und* höflich? Er wäre definitiv ein guter Kandidat für ein Date. Noch dazu wirkte er anspruchsvoll. Hmm, vielleicht könnte er mich zum Abendessen einladen und zum Orchester ...

Ich trat nach vorn und hielt meinen Blick auf ihn gerichtet, während ich den Kopf schüttelte. „Ich bin nicht die Art von Frau, die ihre Geheimnisse jemandem verrät, den sie gerade erst getroffen hat."

„Ist das so?", fragte er.

„Mmhmm", erwiderte ich und bemerkte, dass ich selbstsicher und flirtend wirkte – jahrelange Übung für dieses ehemalige Supermodel, aber nach meiner schlimmen Trennung letztes Jahr hatte ich mich fragen müssen, was für eine Frau ich nun war. Sicherlich eine misstrauischere. Eine Frau, die nicht an einer Beziehung interessiert war.

Ein lockeres Date jedoch konnte lustig werden. Ein lockeres Date mit Nick sowieso.

Die Leute vor mir gingen mit ihren Kaffees davon, weshalb ich endlich ganz vorn in der Schlange stand. Hinter dem Kaffeewagen lächelte mich Courtney Carmichael strahlend an, während ihr funkelndes, paillettenbesetztes Oberteil sich in der Sonne spiegelte und drohte, mich erblinden zu lassen. Sie war eine ehemalige Rechtsanwältin, die zur Kaffeewagenbesitzerin wurde, nachdem sich ihr Ehemann von ihr hatte scheiden lassen, weil sie rund um die Uhr gearbeitet hatte. Nun konzentrierte sie sich auf Beziehungen (anstatt Arbeit) mit einem entspannten Job und trug immer ausgefallene Oberteile als Erinnerung daran, das Leben zu genießen.

Der Kaffeewagen war Courtneys „Neubeginn" im Leben, was mich zum Nachdenken brachte, ob meine gehobene Modeboutique *Fashionably Late* ebenfalls als Neubeginn bezeichnet werden konnte. Jedenfalls liebte ich ihr Strahlen, sowohl innerlich, als auch äußerlich, aber ich hätte wahrscheinlich eine Sonnenbrille aufsetzen sollen.

„Ah, Missy", sagte Courtney, bevor sie sich dem attraktiven Mann neben mir zuwandte. „Und Nick ...? Wow. Zwei meiner liebsten Menschen auf einmal. Ihr beide habt euch bereits vorgestellt, oder?"

„Das haben wir", entgegnete Nick und grinste mir seitlich zu. „Missy hat außerdem meinen Ringfinger abgecheckt und herausgefunden, dass ich nicht verheiratet bin. So weit sind wir zumindest gekommen."

„Danke, dass du das nochmal erwähnst", sagte ich und bemerkte seinen schelmischen Gesichtsausdruck, der in mir den Wunsch erweckte, ihm einen Stoß mit meinem Ellbogen zu verpassen. Oder ihn zu küssen. Bei diesen vollen Lippen war es definitiv keine leichte Entscheidung.

„Die wichtigsten Dinge zuerst, hm?" Courtney nickte ihm kurz zu. „Ganz meine Meinung. Oh, seht mal ... was für ein niedliches Hündchen. Mein süßer Atticus ist im Hundesalon. Merkt man mir an, dass ich ihn vermisse?"

„Ich bin mir sicher, Atticus lässt es sich gutgehen", sagte ich, drehte mich in die Richtung, in die sie gezeigt hatte und entdeckte einen hübschen Labradorwelpen, der an der Leine eines Jungen spazieren ging. Die Schlappohren des Hundes hüpften, während er seinen Kopf neigte und etwas auf der anderen Straßenseite begutachtete, das scheinbar sein Interesse geweckt hatte. Ich hätte auf Essen getippt, aber was weiß ich schon von den Bedürfnissen eines Welpen?

„Das Übliche für euch beide?", fragte Courtney.

„Das wäre super. Danke." Ich nickte und spähte zu Nick hinüber, gerade, als er Courtney zunickte und sich dann mit einem so warmen Blick zu mir drehte, dass meine Knie weich wurden.

„Drei Minuten." Courtney lächelte uns an und machte sich dann an die Arbeit, unsere köstlichen Getränke zuzubereiten. Ich liebte ihre fröhliche und quirlige Art, besonders, wenn man bedachte, wie launisch Kunden sein konnten, bevor sie ihren morgendlichen Kaffee getrunken hatten. Oh, Mann.

Ich für meinen Teil – war immer dankbar für den halben Liter fettfreie Latte mit einem Schuss zuckerfreier Vanille und einer Prise Zimt, den sie mir jeden Tag zubereitete. Ich liebte ihre freundliche Einstellung und ihren persönlichen Service. Sie glaubte stark daran, persönliche Beziehungen aufzubauen, und das verlieh dieser riesigen Metropole und Hauptstadt von Kalifornien einen Kleinstadtflair.

Courtney hatte mir einst anvertraut, dass Beziehungen wichtiger waren, als das, was man mit Geld kaufen konnte und daraufhin war sie mein neuer Lieblingsmensch geworden. Ich hatte Geld. Unmengen davon auf der Bank, von meiner Modelzeit, aber hatte es meinen Verlobten davon abgehalten, eine Affäre mit meiner Trauzeugin zu haben, während wir die Hochzeit geplant hatten? Das wäre ein deutliches Nein.

Das Modeln hatte Spaß gemacht – immer von New York nach Mailand und Paris zu jetten – aber jetzt war ich achtundzwanzig und was hatte mir das nun gebracht? Ein wunderschönes Portfolio, ein dickes Bankkonto, mehr als eine Million Social Media-Follower und ein einsames Reiseleben. Für die ersten drei Dinge war ich dankbar, aber für das letzte? Ich hatte es so satt. Ich war bereit, an einem Ort zu bleiben, meine Freundschaften zu pflegen und ein paar nette Dates zu haben. Nick schien genau richtig für den dritten Punkt auf dieser Liste zu sein.

Ich stieß Nick an. „Du musst nicht allen erzählen, dass ich nachgesehen habe, ob du Single bist. Außerdem ... soweit ich weiß, könntest du auch verlobt sein."

„Nicht einmal annähernd." Er lächelte zu mir hinunter, bevor er seine Stimme senkte, sodass nur ich sie hören konnte und er damit einen Schauer auslöste, der mir den Rücken hinablief. „Hübsches Kleid, übrigens."

„Vielen Dank", antwortete ich, besonders erfreut über das Kompliment, da das Kleid aus meiner Modeboutique ein paar Blocks weiter stammte. Ich lächelte zu ihm hoch, als sich seine Mundwinkel nach oben zogen und wir einen Moment miteinander teilten ...

Bis ein ohrenbetäubendes Jammern die Luft durchschnitt.

Meine Augen wurden riesig bei diesem schrillen Geräusch und ich blickte nach hinten über Nicks Schulter, wo ich den Jungen von vorhin mit an der Seite geballten Fäusten dastehen sah, während er weiterhin sein (lautes) aufgebrachtes Jammern von sich gab. Ich suchte die Gegend um den Jungen ab und erwartete, zu sehen, dass die böse Königin aus *Verwünscht* in ihrer Drachenform oder so etwas aufgetaucht war. Stattdessen sah ich, wie der süße Welpe vom Bürgersteig auf die Straße lief. Oh nein!

Mein Herz blieb stehen und ich schnappte nach Luft, als ein Taxi wie wild hupte, während es auf den Kleinen zugefahren kam.

„Der Hund!", rief ich, als ich meinen Platz in der Schlange verließ und so schnell meine pinken High Heels mich tragen konnten, auf den unschuldigen und ahnungslosen Welpen zurannte. Ich fegte vom Gehweg, gerade, als der Welpe die Straße zur Hälfte überquert hatte. „Warte. Stopp. Bei Fuß!"

Hörte der kleine Hund auf mich? Oder sah er wenigstens in meine Richtung? Das wäre ein Nein. Er positionierte seinen kleinen Körper so, als ob er sich nicht entscheiden konnte, welchen Weg er auf dieser Kreuzung von vier Straßen nehmen sollte. Mit einem Panikausbruch in letzter Sekunde rief ich noch einmal, in der Hoffnung, ihn davon abzuhalten, in den herannahenden Verkehr zu rennen. Ich meine, das Taxi hatte ihn gerade noch verfehlt.

„Bleib stehen, Kleiner!", rief ich, als mein Sichtfeld auf einmal von einem Bus blockiert wurde, der im Übrigen ein Foto von mir im Badeanzug für eine Werbekampagne für Mineralwasser aus einem Gebirgsfluss in Tahiti aufgedruckt hatte. „Hey, Hündchen. Beruhig dich!"

Der Welpe blieb stehen und drehte sich um, um zu mir zu sehen, während er seinen Schwanz zwischen seine

Beine gesteckt hatte. Ohne zu denken eilte ich durch den Verkehr über die Spur und nahm ihn auf meinen Arm, bevor ich ihn an mich drückte. Mein Herz klopfte wie verrückt und ich atmete tief durch, um mich zu beruhigen. Cardio war vielleicht mein Freund, aber die Panik, einen Welpen in Gefahr zu sehen, war es definitiv *nicht*.

„Ich bin so froh, dass dir nichts passiert ist", sagte ich zu dem kleinen Glückspilz, und er leckte mein Kinn ab, während ich wieder zurück zum Gehweg eilte.

Ich war gerade mitten im Schritt – mit meinem pinken High Heel in der Luft – als aus dem Nichts eine schrille Klingel ertönte: *ring-ring-ring!* Mein Kopf schnellte gerade noch rechtzeitig nach links, um zu sehen, wie ein Fahrradfahrer mit voller Geschwindigkeit auf mich zugerast kam. Er trat auf die Bremse, aber kam trotzdem auf mich zu geschlittert, während mir die Kinnlade herunterfiel und ich wie angewurzelt stehenblieb.

Mein ganzes Leben zog in einer Reihe von Schnappschüssen vor meinen Augen an mir vorbei, begonnen mit dem Tag in Rom, als mein Ex-Verlobter mir vor dem Colosseum einen Heiratsantrag gemacht hatte; ich, wie ich mich in meinem individuell angefertigten Designer-Hochzeitskleid in einem Ganzkörperspiegel betrachte und zum Schluss ein Augenblick, wie ich aufgrund seiner Untreue mit meinem widerlichen Ex schlussmache. Nach Sacramento zu ziehen hätte eigentlich mein Neubeginn sein sollen. Sollte mein Leben wirklich so enden? Überrollt von einem Fahrradfahrer, der mir einen furchtbar bösen Blick zuwarf?

Aus dem Nichts hoben mich starke Arme hoch und zogen mich ruckartig aus der Fahrradspur der Straße, gerade, als der Fahrradfahrer an mir vorbeizischte. Ich hielt den Welpen an meine Brust gedrückt, während mein Herz raste und ich versuchte, wieder zu Atem zu kommen, als diese starken Arme nun, da ich in Sicherheit war, ihren Griff lockerten. Ich blickte hinauf in Nicks dunkle Augen und Wärme breitete sich in meinem Herzen aus.

„Geht es dir gut?"

„Ähm, hast du das Kennzeichen von diesem Fahrradfahrer? Er braucht einen Strafzettel oder so etwas", scherzte ich.

„Mal im Ernst, Missy. Geht es euch beiden gut?", fragte er.

„Wir sind nicht platt wie ein Pfannkuchen, also ja", sagte ich und sah hinunter auf den kleinen Welpen, der sich entschieden hatte, erneut mein Kinn zu lecken und sich offensichtlich nicht bewusst war, dass er beinahe als blutiger Matsch auf dem Asphalt geendet hätte. Ich warf Nick einen Blick zu, dessen Gesichtsausdruck seine Besorgnis widerspiegelte und mir fiel auf, dass er mich nicht ganz losgelassen hatte. „Wirklich, Nick. Mir geht es gut. Dank dir ... schon wieder."

Seine Gesichtszüge entspannten sich und ein Lächeln umspielte seine Lippen. „Das wird noch zur Gewohnheit."

„Du hast recht. Du hast mich heute schon zwei Mal gerettet und wir haben noch nicht einmal unseren morgendlichen Kaffee getrunken", meinte ich, als der Welpe in meinen Armen quengelte und jaulte, während sein Schwanz wedelte und er versuchte, mit mir zu spielen. „Entschuldige, Kleiner", sagte ich und starrte hinunter auf den fehlgeleiteten Welpen. „Du bist ein ganz schöner *Frechdachs*."

„Ich glaube, er mag dich." Nick kraulte den Kleinen hinter den Ohren, bevor er ihn einen Moment lang auf seinem Fingerknöchel herumkauen ließ. Dann nahm er schließlich seinen Arm von meinen Schultern und wir drehten uns gerade um, als der Junge und ein Mann auf uns zugelaufen kamen.

„Vielen, vielen Dank", sagte der Mann, stellte sich als Onkel des Jungen vor und bat mich um meine Visitenkarte, damit er mir ordentlich danken konnte.

„Gern geschehen." Ich gab den Welpen in die Arme des Jungen, reichte dem Onkel meine Visitenkarte und der Mann dankte uns beiden immer wieder. „Halt ihn gut fest, okay?", sagte ich dem Jungen, der nickte und versprach, dass er von nun an besser auf ihn aufpassen würde.

„Du bist ein ganz schöner Held", sagte ich zu Nick, als wir zurück zum Kaffeewagen gingen, um unsere Getränke zu holen. „Du hast einen Welpen und mich sogar zwei Mal gerettet und das alles, bevor du deine erste Tasse Kaffee getrunken hast."

Er sah mich schräg an. „Theoretisch bist du diejenige, die den Welpen gerettet hat."

Bescheiden. Das gefiel mir zu gut. „Na gut, das lasse ich dir."

„Wie großzügig von dir", sagte er und kicherte, während wir zu Courtneys Kaffeewagen zurückgingen. „Also, als was arbeitest du, Missy?"

Ich lächelte und schätzte, dass er den Bus mit meinem Gesicht darauf nicht hatte vorbeifahren sehen, was tatsächlich erfrischend war. Manche Männer wurden übermäßig zuvorkommend, wenn sie herausfanden, dass ich als Model gearbeitet hatte und ihr exzessives Interesse an mir schien unaufrichtig. „Ich bin die Geschäftsführung von *Fashionably Late*.“

Er sah mich mit einer neugierig hochgezogenen Augenbraue an.

„Das ist eine Modeboutique.“

Er kniff seine Augen ein wenig zusammen. „Ich habe das Gefühl, es gibt eine Geschichte hinter diesem Namen.“

„Vielleicht erzähle ich sie dir irgendwann einmal.“ Ich grinste zu ihm hinauf, während wir unsere Kaffees abholten, ich einen zehn Dollar-Schein dort ließ und dann meinen Becher in Courtneys Richtung hob, so als ob ich einen Toast ausbringen wollte. Sie lächelte und winkte, während sie bereits den nächsten Kunden in der Schlange bediente, als Nick und ich davon schlenderten.

„Ich wollte die hier eigentlich zahlen“, sagte er und klang ein wenig überrascht.

„Das ist das Mindeste, was ich tun kann, nachdem du mich zwei Mal gerettet hast. Was machst du denn beruflich, Nick?“, fragte ich.

„Ich besitze ein paar Unternehmen, inklusive Totally Fit.“

„Das Fitnessstudio einen Block weiter. Ich habe Freunde, die dort hingehen.“

„Du allerdings nicht. Dich hätte ich mir gemerkt.“ Er spähte seitlich zu mir und auf einmal lag ein Funkeln in seinen Augen. „Was hat dich dazu gebracht, eine Modeboutique zu eröffnen?“

Ich hob eine Schulter. „Ich liebe es, Leuten dabei zu helfen, das Beste aus sich zu machen und so gut auszusehen, wie sie können.“

„Interessant. Mein Motto ist es, Leuten dabei zu helfen, sich am besten zu fühlen."

„Das ist letztendlich auch mein Ziel", meinte ich und hielt meinen Blick auf ihn gerichtet, während ich einen Schluck von dem Kaffee To Go nahm, den ich fast schon in meiner Hand vergessen hatte.

„Wir sollten uns zusammentun und uns zu einem Geschäftsmeeting verabreden", sagte er; sein Blick traf meinen.

Mein Herz hüpfte in meiner Brust. Ich konnte mich vielleicht mit ihm treffen, ähm, auf ein *Geschäftsmeeting* gehen. Ich war mit ein paar Typen ausgegangen, seitdem ich nach Sac gezogen war, aber die gelegentlichen Dates hatten mich schnell gelangweilt. Nick war der erste Mann, bei dem ich ein warmes, kribbliges und aufregendes Gefühl hatte. Allerdings hatte ich darüber nachgedacht abzulehnen, da ich nicht mehr als ein oder zwei Dates wollte ... aber er hatte mich nur nach einem geschäftlichen Treffen gefragt. Das sollte sicher sein. Außerdem wäre es toll, mal wieder rauszukommen. Ein neues Geschäft zu eröffnen, hatte sich als anstrengend und stressig erwiesen.

Und so sehr ich es auch genoss, mit meiner Mitbewohnerin Michelle im Haus zu bleiben – und der Tastatur, an der meine Autorenfreundin quasi schon festgewachsen war – wollte ich auch wirklich Mal wieder ausgehen. Pluspunkte für einen Ausflug mit Nicks charmanter Persönlichkeit. Sein gebräuntes, gutes Aussehen tat auch nicht weh.

„Wie wäre es mit der Oper?", fragte ich.

Ein Grinsen machte sich auf seinem Gesicht breit. „Wie sollen wir in der Oper über Geschäftliches sprechen?"

Ich zuckte mit den Schultern. „Es gibt doch eine Unterbrechung, oder?"

„Freitagabend", sagte er.

„Einverstanden", antwortete ich.

Wir tauschten Handynummern aus und dann eilte ich die Straße hinunter in die Richtung meiner Boutique, da ich wie immer *fashionably late* war, also gerade so weit zu spät kam, dass es kein Affront für den Wartenden war, sondern mir einen großen Auftritt einbrachte. Zum Glück war meine Managerin immer pünktlich.

Als ich den Bürgersteig entlangeilte, konnte ich nicht anders, als zu spüren, wie eine Welle an Aufregung mit mir durchging, als ich daran dachte, Nick wiederzusehen. Aufregung wegen eines Typen war *nicht* gut. Als ich an der Backsteinfassade meines Geschäfts ankam und unter dem schwarzen Vordach vor der Eingangstür mit seiner goldenen Schrift hindurchging, versicherte ich mir, dass es nichts gab, worum ich mir Gedanken machen musste. Freitagnacht wäre nur ein Geschäftstreffen und ein lockerer Ausgehabend. Das war alles. Vielleicht sollte ich das aber auch den Schmetterlingen sagen, die wie wild durch meinen Bauch flogen.

KAPITEL ZWEI

Nach zwei Tagen, in denen ich *viel* über Nick nachgedacht hatte, wollte ich mich erneut mit ihm treffen, um zu sehen, ob er wirklich so gutaussehend, intelligent und charmant war, wie ich ihn in Erinnerung hatte. Oder vielleicht fantasierte ich nur über ihn, weil ich seit einer ganzen Weile kein Date mehr gehabt hatte.

Obwohl wir am Montag Nummern ausgetauscht hatten, hatte er mich nicht angerufen und da ich auf einer Beziehungsdiät war, würde ich ihn sicherlich auch nicht anrufen. Also was tun ...? Ich dachte mir, dass ein zufälliges Treffen wohl das Beste wäre, also entschied ich mich dazu, an diesem Morgen zur exakt selben Zeit meinen Kaffee zu holen wie am Montag, als Nick und ich uns begegnet waren. Eine brillante Strategie, wenn ich das mal so sagen darf. Da ich meiner Erinnerung nicht vertraute, sagte ich meiner Mitbewohnerin, dass sie aus Bestätigungsgründen mit mir kommen musste.

Michelle Moss war mit mir in Blue Moon Bay aufgewachsen und war vor kurzem hier zu mir nach Sac gezogen, weil sie einen Tapetenwechsel gebraucht hatte, damit sie den Roman fertigschreiben konnte, bei dem sie nicht weiterkam. Ich wollte ebenfalls, dass sie das Buch fertigstellte, da es nicht sehr erfreulich war, zu hören, wie sie (so oft) ihren Kopf auf die Tastatur knallte, wenn sie frustriert war. Also schleppte ich sie mit zu Courtneys Kaffeewagen, in der Hoffnung, Nick erneut zu sehen und ihren Laptop vor der Zerstörung zu retten.

„Ist er das?", fragte Michelle, während ihr blonder Pferdeschwanz von einer Schulter zur anderen schwang, als sie ihren Kopf drehte.

Ich spähte hinüber zu dem süßen Typen, auf den Michelle gezeigt hatte und schüttelte den Kopf. „Nein, nicht er."

„Wie wäre es mit *ihm*?" Sie zeigte nach rechts und ich checkte mehrere Typen in Anzügen ab, die sie gemeint haben könnte.

„Nein, auch nicht er."

„Du hast gesagt er wäre super süß, hat dich davor gerettet hinzufallen, hat dir geholfen, einen Welpen zu retten und trotzdem bist du dir nicht sicher, ob er wirklich so toll ist, wie du ihn in Erinnerung hast?", fragte sie und klang misstrauisch. „Denkst du dir Mr. Traummann nur aus? Ist er ein Hirngespinst deiner Fantasie? Sei ehrlich. Ich verurteile dich auch nicht. Nicht doll."

„Sein Name ist Nick." Ich durchsuchte die Menschenmenge der Geschäftsleute, die auf dem Weg zur Arbeit waren, aber sah Nick nirgendwo in dem Getümmel der Fußgänger, die auf dem Gehweg aus der Richtung seines Fitnessstudios marschiert kamen. „Und nein, ich habe ihn mir nicht nur ausgedacht. Zumindest denke ich, dass ich das nicht habe."

„Siiiiicher." Michelle zog das Wort ein paar Sekunden in die Länge und verdrehte die Augen, während sie mich verschmitzt anlächelte. „Imaginär, ich sag's dir. Ein Nebeneffekt des Liebesromans, an dem ich arbeite. Ich habe wohl ein Mal zu viel von meinem Helden gesprochen, oder?"

„Nick ist real", sagte ich in dem Wissen, dass sie es nicht böse meinte, aber ihr Sticheln half mir auch nicht gerade, meine Nerven zu beruhigen. Trotzdem war es schön, sie als moralische Unterstützung bei mir zu haben. Naja, meistens zumindest.

Ich war ganz begeistert gewesen, als Michelle meine Einladung angenommen hatte, zu mir zu ziehen. Ich dachte mir, meine Penthousewohnung und deren fabelhafte Aussicht über die Stadt würde der Funke sein, den sie brauchte, um ihre Schreibblockade zu lösen. Bisher hatten wir allerdings nicht sehr viel Glück dabei. Michelle war, auch, wenn sie manchmal den Hang zum Dramatischen hatte, eine fantastische Freundin und ich konnte mich glücklich schätzen, sie zu haben. Was ich jedoch nicht erwartet hatte, war, dass Michelle noch eingepferchter war, als selbst ich es im letzten Monat gewesen war. Im Ernst, sie verließ das Haus für ihre morgendliche Joggingrunde und um Kaffee zu holen und danach klebte sie förmlich an ihrer Tastatur. Während es zwar Tage gab, an denen wir zusammen Kaffeeholen gingen, stand sie die meisten Tage in ihrem eigenen Tempo auf.

Courtney entdeckte mich und hob meinen Kaffeebecher hoch, um mich wissen zu lassen, dass mein tägliches Getränk fertig war.

Ich ging schnell an die Spitze der Schlange und nahm den Becher. „Dankeschön."

Ihr sonniges Lächeln machte dem strahlenden Funkeln ihres heutigen Oberteiles Konkurrenz. Dieses Mal hatte sie etwas ein klein wenig Schlichteres an – zumindest für sie – und trug ein himmelblaues Oberteil, auf dem vorne eine weiße Lilie aus Pailletten aufgenäht war, die in der Sonne Sacramentos schimmerte.

„Einen fettfreien Latte mit einem Schuss zuckerfreier Vanille und einer Prise Zimt." Courtney drückte ihre Fingerspitzen zusammen und küsste sie, bevor sie ihre Hand in einer enthusiastischen Bewegung Richtung Himmel warf und ihr Lächeln so hell strahlte wie der Morgen selbst. Dann hob sie ihren Finger vor Michelle und bereitete flott ihr Getränk zu. Diese Frau hatte ein unglaubliches Gedächtnis.

„Du bist zu gut zu mir", sagte ich und inhalierte den Duft von Courtneys Kaffee. Köstlich.

Sie winkte ab. „Unmöglich."

„Hast du Nick gesehen?" Ich senkte meine Stimme und hoffte, dass ich seinen Namen so beiläufig wie möglich erwähnt hatte. Ich hatte wirklich gehofft, ihm zu begegnen und ihn Michelle vorstellen zu können, aber bisher *nada*.

Courtney warf mir einen humorvollen Blick zu, während ihr Grinsen breiter wurde. „Du suchst nach Nick, hm?", fragte sie ein wenig zu laut, als ihr Blick über meine Schulter schnellte.

Mein Herz pochte wie wild in meiner Brust. „Er steht genau hinter mir, oder?"

Sie nickte und grinste so breit, dass ich erwartete, dass ihr Gesicht jede Sekunde in der Mitte durchreißen musste.

„Freut mich, dass du das lustig findest", sagte ich, holte tief Luft, drehte mich um und stand Angesicht zu Angesicht mit Nick. Ich sah in diese braunen Augen und mein Herz setzte einen Schlag aus. Nein, ich hatte mir definitiv nicht eingebildet, wie attraktiv er war. „Wie nett, dich hier zu treffen."

„Eventuell bin ich zu exakt dieser Zeit hierhergekommen, in der Hoffnung, dir zu begegnen", sagte er und löste mit seiner Direktheit ein Kribbeln in meinem Bauch aus.

„Oh, ähm ...", stotterte ich und war mir nicht sicher, wie man mit einem Mann umging, der zur Abwechslung mal keine Spielchen spielte. Erfrischend und nervenaufreibend zugleich. Mit flinken Händen schnappte ich Michelles Arm und zog sie neben mich. „Das ist meine Freundin Michelle", platzte es aus mir heraus.

Sein Blick wich nicht von meinen Augen. „Hallo Michelle. Schön, dich kennenzulernen."

„Äh-hem." Sie räusperte sich. „Ich bin hier drüben", flüsterte sie hörbar, woraufhin er schließlich seine Augen von mir riss und zu ihr hinübersah.

„Ist mir eine Freude", sagte er. Genau wie zuvor wurde mir durch seine kräftige Stimme innerlich ganz warm und ließ mir einen köstlichen Schauder den Rücken hinunterlaufen.

„Ich habe so viel von dir gehört, Nick", sagte Michelle und ich ließ ihr die stille Bitte zukommen, mich nicht bloßzustellen, aber sie sah mich nicht einmal an. Oh-oh.

„Oh, wirklich?" Nick sah mich mit einer erhobenen Augenbraue an, bevor er Michelle anlächelte. „Und was hast du gehört?"

„Dass du Welpen rettest und auch meine Freundin hier bei jeder Gelegenheit, die du bekommst."

Sein kräftiges Lachen füllte meine Ohren und ich beschloss, dass ich dieses Geräusch immer und immer wieder hören musste. „Ich schätze, ich stehe zu ihren Diensten."

Michelles Augen wurden groß und sie lächelte mich ein. „Dein eigener Held. Höchstpersönlich."

„Nick hofft, dass ich sein Unternehmen unterstütze, indem wir unsere Kräfte bündeln", sagte ich und beschloss, dass wir uns über ein sichereres Thema unterhalten sollten.

„Wohl wahr." Nick starrte mich mit diesen dunklen Augen konzentriert an und all die Luft verließ meine Lungen. Jedes letzte Molekül *verschwunden*. „Ich hatte ebenfalls gehofft, dir zu begegnen, um unseren Plänen für Freitagabend zuzusagen."

„Du hättest auch einfach anrufen können", merkte ich an.

Einer seiner Mundwinkel zog sich nach oben. „Persönlich bin ich besser."

„Ist das so?", fragte ich und wusste, dass ich das nicht abstreiten konnte.

Er nickte in die Richtung meines Kleids. Ich hatte heute eines in Blassrosa gewählt, etwas Leichtes und Sommerliches, um der Hitze in Sacramento entgegenzuwirken. „Verlässt du jemals das Haus, wenn du nicht bestmöglich aussiehst?", fragte er mich, während er eine Augenbraue nach oben zog.

Wärme prickelte wie Strom über jeden Zentimeter

meiner Haut, angenehm und aufregend. Seine Kompli-
mente trafen definitiv ins Schwarze.

„Nein, tut sie nicht", sagte Michelle. „Sonntags bleibt
sie bis mittags noch in ihrem Schlafanzug."

Dieser Satz entlockte Courtney ein Kichern, die sich
um das Getränk eines Kunden kümmerte. Ich trat einen
Schritt zur Seite und leckte meine Unterlippe.

„Siehst *du* immer bestmöglich aus?", fragte ich und
bemerkte, dass er heute in seinem pflaumenfarbenen
Hemd von sogar noch besserer Qualität als das vorherige
und einem anthrazitfarbenen Paar Designer-Anzughosen
schick aussah.

Er gestikulierte mit seiner Hand. „Ich bin Italiener.
Mich immer bestmöglich zu kleiden liegt in meiner Natur."

Michelles Mund formte sich zu einem perfekten, über-
raschten, aber auch begeisterten „O", als sie zu mir hinüber-
spähte, aber ich ignorierte sie. Ich liebte es, dass sich Nick gut
kleidete und die Art, wie er seine Ärmel nach oben krempelte,
löste echt irgendetwas in meinem Bauch aus. Wie sich sein
Unterarm anspannte, während er ihn locker bewegte, brachte
mich fast zum Sabbern und seine muskulösen Oberarme
ließen mich in dieser Hitze beinahe in Ohnmacht fallen.
Wenn ich ohnmächtig werden würde, hätte ich es auf die Hitze
geschoben, aber es wäre einhundert Prozent seine Schuld.

„Weißt du, dass Missy Inhaberin einer Modeboutique
ist?", fragte Michelle ihn.

Er schnipste mit einem Finger. „*Fashionably Late.*"

„Du hast es dir gemerkt." Ich lächelte, wollte quiet-
schen und auf und ab springen – aber ich hielt mich
zurück, da, wie soll man sagen, das nicht gerade davon

zeugte, dass man wenigstens so tat, als wäre man schwer zu bekommen.

Sein warmer Blick traf meinen. „Und du hast mir versprochen, mir irgendwann die Geschichte hinter dem Namen zu erzählen."

Ich biss mir auf die Unterlippe. „Ich habe allerdings nicht gesagt, wann ich dir das erzählen würde, oder?"

„Nein, hast du nicht." Er kicherte und richtete seine Aufmerksamkeit auf meine Freundin. „Also Michelle ... was machst du beruflich?"

„Ich schreibe einen Roman, was heißt, dass ich stundenlang auf meinen leeren Laptopbildschirm starre, bis ich frustriert bin und dann Fernsehen schaue. Und selbst?"

Ich hatte ihr bereits erzählt, dass er ein Fitnessstudio besaß.

„Ich leite ein Fitnessstudio in der Stadt ... unter anderem."

„Oh, gute Neuigkeiten! Missy hat nach einem Fitnessstudio gesucht, in dem sie sich anmelden kann. Hast du mir das nicht mal erzählt, Missy?" Sie drehte sich zu mir und zwinkerte unschuldig mit ihren Augen, aber ich wollte sie nur zwicken.

„Das habe ich nur ein einziges Mal erwähnt." Ich versuchte ihr mit einem ernsten Blick zu vermitteln, dass sie das Ganze jetzt besser lassen sollte, aber sie lächelte mich an und zuckte mit den Schultern.

Nick sah von ihr zu mir und schien sich entschieden zu haben, sich nicht in unseren Mini-Streit einzumischen. „Abgesehen davon, dass ich dich persönlich wiedertreffen wollte, gibt es noch einen Grund, weshalb ich froh bin, dass ich dir noch einmal begegnet bin. Vor unserem Date würde ich wirklich gerne noch ein paar Geschäftsideen mit dir austauschen, die mir eingefallen sind."

„Geschäftsideen?", fragte ich. Ich hatte angenommen, dass diese ganze *Geschäftsmeeting*-Sache eine schüchterne Art war, mich nach einem Date zu fragen, aber je mehr er sagte, desto mehr begann ich zu glauben, dass er das ernst meinte. Mein Magen zog sich ein bisschen zusammen, aber ich versuchte, das enttäuschte Gefühl beiseitezuschieben.

„Hast du jemals darüber nachgedacht, zu modeln?", fragte er.

Michelles Kopf drehte sich langsam in meine Richtung, wie eine Eule, die weit in der Ferne eine Maus beobachtete. „Du hast ihm nicht erzählt, dass du ein Model warst?", fragte sie und klang entsetzt.

„Nein, Nick und ich sind uns nur ein Mal begegnet. Wir haben nicht unsere Lebensgeschichten ausgetauscht."

„Vielleicht könnten wir das Freitagabend tun", sagte er; seine Augen funkelten. „Angefangen bei deinem Modeln."

„Ich bin ein Ex-Model." Ich setzte ein Lächeln auf, nach dem ich mich nicht fühlte und versuchte mir einen Fluchtplan aus diesem Gespräch auszudenken.

„Toll." Nicks Grinsen von Ohr zu Ohr machte mich nervös. „Ich habe diese neue Sportmodelinie, für die ich dich liebend gerne als Model hätte."

„Sie ist gut darin", sagte Michelle, woraufhin ich nur auf der Stelle verschwinden wollte. Ich war fertig mit dem Modeln. Ich hatte dieses Leben hinter mir gelassen, um meine Boutique zu eröffnen und hatte mir versprochen, auch bei meiner Frührente zu bleiben.

„Schau mal auf die Uhr. Jetzt muss ich wirklich rennen", sagte ich und blickte dramatisch hinunter auf mein Handy. Michelle öffnete ihren Mund und ich schnappte mir ihren Arm. „War nett, dich getroffen zu haben, Nick."

„Schön, dich kennenzulernen", sagte Michelle, während ich sie von ihm wegzog.

„Gleichfalls. Ich wünsche euch Ladys einen schönen Tag", sagte er und wirkte von meinem hastigen Abgang ein wenig überrascht.

Sobald wir einen halben Block entfernt waren, drehte ich mich zu ihr. „Und, was sagst du?", fragte ich.

Sie tippte sich auf die Wange. „Auf einer Skala von eins bis zehn? Ich würde sagen, er ist eine fünfundzwanzig."

Ich hielt meinen Finger hoch. „Keine Einbildung. Ich nehme deine Entschuldigung an."

„Ha!" Sie schüttelte den Kopf und blickte einmal über ihre Schulter. „Warum die plötzliche Flucht?"

„Ich muss zur Arbeit", meinte ich, als wir mit schnellen Schritten auf *Fashionably Late* zuliefen und meine High Heels auf dem Asphalt klackten. Ich seufzte. „Außerdem ist alles, was er will, über sein Fitnessstudio zu reden und darüber, wie wir beide davon profitieren könnten, uns zusammenzuschließen, oder wie sein Studio davon profitieren könnte, wenn ich für ihn modele."

„Aber hast du gemerkt, wie er dich angesehen hat?", fragte sie.

„Ja, aber das war nichts Besonderes." Ich drängte mich durch die Menschenmasse auf dem Bürgersteig. „Er hat mich nur ausgecheckt, um sicherzugehen, dass ich das richtige Aussehen habe, um für seine Sportkleidung zu modeln. Er will sich zusammentun und unsere Geschäfte expandieren. Das ist alles", meinte ich und fragte mich, warum mich das störte, wenn das doch alles war, was ich auch wollte. Muss ein Schlag fürs Ego gewesen sein.

Michelle schüttelte den Kopf. „Ich glaube, er ist nicht nur deswegen an dir interessiert. Er hat jedem Wort gelauscht, das du gesagt hast und er hat angefangen zu strahlen, als er dich gesehen hat. Und sein Blick war etwas enttäuscht, als du gemeint hast, dass wir gehen müssen. Ich habe ein gutes Gefühl bei dem hier."

„Du weißt, dass ich nicht nach etwas Ernstem suche." Ich winkte ab und nahm einen Schluck von meinem Kaffee. „Allerdings wäre ein lockeres Date hier und da bestimmt nicht das Ende der Welt."

Ich war zuvor verletzt worden und hatte es nicht eilig, wieder verletzt zu werden. Deshalb würde ich es mit Mr. Traummann locker angehen. *Äh, öhm,* mit Nick.

KAPITEL DREI

Ich hatte den ganzen Tag lang Nicks SMS und Anrufe nicht *ignoriert*. Tatsächlich war ich sogar jedes einzelne Mal begeistert gewesen, alle von ihnen zu bekommen, aber ich hatte auf der Arbeit zu viel zu tun gehabt, um ihn zurückzurufen. Diese örtlichen Werbeanzeigen, für die ich gezahlt hatte, mussten sich wohl wirklich lohnen, denn Kunden kamen nur so einer nach dem anderen und kauften den Laden leer.

Als ich die letzte Person aus der Tür scheuchte und sie gerade zuschließen wollte, tauchte ein hübsches Gesicht auf der anderen Seite der Glasscheibe auf, bevor ich den Schlüssel umdrehen konnte. Ich konnte mein Lächeln nicht unterdrücken oder die Wärme aufhalten, die sich in meinem Bauch ausbreitete. Mit einem Grinsen zeigte ich auf das Schild mit den Öffnungszeiten, das offensichtlich zeigte, dass es zehn Minuten nach Ladenschluss war.

Er hob seine teure Armbanduhr in meine Richtung und ich sah, dass sie zehn Minuten vor der vollen Stunde zeigte.

„Deine Uhr geht nach", sagte ich durch die Tür und zog mein Handy aus meiner Tasche. Die Uhr auf dem Display zeigte klar und deutlich zehn Minuten *nach* ganz.

„Oder deine geht vor." Sein charmantes Grinsen löste ein aufregendes Kribbeln in meinem Bauch aus.

„Satelliten liegen nicht falsch", sagte ich ihm, während sich meine Mundwinkel nach oben zogen. Mein Schlüssel steckte noch immer im Schloss, die Tür war noch nicht verriegelt und ich lächelte ihn durch das Glas an.

„Der Kunde hat immer recht", entgegnete er.

„Da ist was dran." Ich biss mir auf die Unterlippe, um mein Lächeln zu verstecken, während ich ihm die Tür öffnete. Er trat ein, woraufhin mich sein kräftiges, intensiv duftendes Parfum in einer köstlichen Duftwolke umgab. Er roch nach warmer Eiche und kräftigem Wein, eine Kombination, die mich an kühle Abende vor einem Holzofen erinnerte und als ich meine Augen schloss, fühlte ich mich glücklich und zufrieden.

„Freut mich, dich wiederzusehen", platzten die Worte aus mir heraus.

„Gleichfalls."

„Ich muss noch ein paar Dinge erledigen, bevor ich für den Abend fertig bin. Ich hoffe, das ist in Ordnung", sagte ich, ging zurück in Richtung eines Kleiderständers und ordnete die Kleidung von hell nach dunkel, damit es ansprechender für das Auge war. Er kam zu mir und stellte sich neben mich, während ich zu einem Regal eilte, auf dem einst gefaltete Hemden und Hosen lagen, die ich als zusammenpassende Sets zusammengestellt hatte, die nun mittlerweile durcheinandergebracht worden waren, da die Kunden sie sich angesehen hatten. Ich war heute so beschäftigt gewesen, dass ich keine Zeit gehabt hatte, sie zu ordnen, also kümmerte ich mich nun darum.

Ich faltete das erste Hemd schön ordentlich und bemerkte, dass Nick sich ein Hemd von dem Regal nahm, das noch geordnet werden musste. Er spähte zu mir hinüber und versuchte dann, meine Bewegungen nachzuahmen, aber ließ ein paar kleine Schritte aus und als er schließlich fertig war, lag das Hemd in einem knittrigen Haufen dort. Ich unterdrückte ein Lachen, als er das Kleidungsstück mit einem unzufriedenen Gesichtsausdruck anstarrte. „Genau deshalb hänge ich meine Kleidung auf.“

„Schau, ich zeig's dir“, sagte ich, nahm das Hemd und strich es an meiner Brust glatt, bevor ich es Schritt für Schritt faltete. Dann reichte ich ihm noch ein Hemd und ließ ihn es versuchen. Er verbesserte sich, aber ihm war noch entgangen, wie man die Ärmel richtig nach hinten faltete, sodass sie nicht zu sehen waren. Ich schüttelte den Kopf, griff danach und unsere Finger berührten sich ganz leicht. Ein elektrisches Kribbeln umspielte meine Hand, wo seine Haut meine berührt hatte.

Perplex sah ich ihm ins Gesicht und bemerkte die plötzliche Wärme, die in seinen Augen simmerte.

„Wie wär's damit?“ Er hielt seinen Blick auf mich gerichtet und faltete das Hemd dann einwandfrei beim ersten Versuch.

Ich schluckte. „Perfekt gemacht.“

„Ich lerne schnell.“

„Das sehe ich“, sagte ich, während mein Herz in meiner Brust hämmerte. Ich sah zur Seite. „Also, du bist hergekommen, um über das Geschäftliche zu reden, oder?“

Er nickte, aber hielt noch ein paar Sekunden inne,

bevor er sagte: „Totally Fit ist mehr als ein Fitnessstudio. Wir verkaufen Ernährungsprodukte, Vitamine und Kleidung."

„Okay ..." Ich hörte ihm zu und nahm mir noch ein ungefaltetes Hemd.

Er tat dasselbe. „Mein Motto ist es, den Leuten zu helfen, sich so gut zu fühlen, wie es ihnen möglich ist."

Ich lächelte. „Meines ist, den Leuten zu helfen, so gut auszusehen wie möglich."

„Siehst du?", sagte er; sein charmantes Grinsen und seine Einstellung bereiteten mir ein leichtes Gefühl in der Brust. „Genau deshalb finde ich, dass wir gemeinsame Sache machen sollten. Zusammen könnten wir den Leuten helfen, am besten *auszusehen und* sich am besten zu *fühlen*. Gibt es etwas Besseres?"

„Klingt wie die perfekte Kombination", meinte ich und hasste es, dass ich trotz meines Entschlusses, Beziehungen kategorisch auszuschließen, weniger an Nick als Geschäftspartner interessiert war als daran, ihn zu daten. Ich faltete das Hemd zu Ende und nahm mir das nächste, während er den Stapel ordnete, damit er sauber und perfekt dalag. Er machte seine Arbeit gut und ich war dankbar für die Hilfe.

„Die perfekte Kombination", wiederholte er in einer Stimmlage, die heiser klang.

„Ich werde meinen Kunden weder Ernährungstipps geben, noch Sport empfehlen", sagte ich und fragte mich, was für einen Plan er im Kopf hatte, aber wollte diesen Punkt bereits aus dem Weg geschafft haben.

„Ich habe da mehr an einen Duo-Deal gedacht. Sie kaufen bei dir ein und bekommen dann einen Rabatt für mein Studio oder meine Produkte – und umgekehrt. Meine Mitglieder bekommen irgendeine Vergünstigung, wenn sie zu dir kommen. Eine Cross-Promotion, um den Kunden etwas anzubieten und ihnen einen guten Deal zu ermöglichen."

„Interessant." Ich nahm mir eine Hose, die einfach irgendwohin zurückgelegt worden war und in ernsthafter Gefahr war, zu Boden zu fallen. Er nahm sich ebenfalls ein ungefaltetes Paar und ahmte meine Handgriffe Schritt für Schritt mit einem Auge fürs Detail nach, das ich bewunderte. Er schaffte es, die Hose beim ersten Versuch zu falten und ich beglückwünschte ihn.

„Also, was sagst du dazu?", fragte er.

„Zu der Hose? Gut gemacht."

Er schüttelte den Kopf. „Nein, zu der Cross-Promotion-Idee."

„Ich bin mir nicht sicher, ob das etwas für mich ist", sagte ich und seufzte. Ich war nicht scharf auf Geschäfte. Mein Laden war bereits so durch die Decke gegangen, dass ich darüber nachdenken musste, mehr Hilfe anzuheuern, nur, um hinterherzukommen. Naja, außer, wenn ich weiterhin zwölf-Stunden-Schichten arbeiten wollte.

Zwischen seinen Augenbrauen bildete sich eine Falte. „Vielleicht solltest du mein Fitnessstudio besuchen, Missy."

„Versuchst du mir damit etwas zu sagen?", fragte ich und neckte ihn.

„Ganz und gar nicht." Er schüttelte den Kopf; in seinen Augen lag ein schelmisches Funkeln. „Ich würde es nur lieben, dir eine persönliche Einführung zu geben. Ich wette, dir wird meine persönliche Workout-Modelinie gefallen."

„Die Kleidung, in der ich für dich modeln soll?", fragte ich ein wenig misstrauisch.

Er nickte und legte eine weitere perfekt gefaltete Hose auf den Stapel. Wir hatten es in Rekordzeit geschafft, alles fertig zu falten. „Deine Freundin hat erwähnt, dass du einem Fitnessstudio beitreten wolltest. Würdest du gerne Mitglied im Totally Fit werden?"

„Klar."

„Im ersten Monat müsstest du auch nichts zahlen."

Ich grinste. „Du hast gedacht, dass ich nein sagen würde, oder?"

Er nickte, während ein zurückhaltendes Lächeln seine Lippen umspielte, aber er zog sein Angebot nicht zurück.

„Ich nehme das Angebot an."

Eine halbe Stunde später war ich Gast im Totally Fit und trug ein neues Outfit aus Workoutkleidung, das Nick mir aufs Haus gegeben hatte.

„Ich denke, die Cross-Promotion wäre für uns beide von Vorteil", meinte er und grinste mich während seines unerbittlichen Verwirklichungsversuchs unserer Zusammenarbeit an.

„Mehr Gewichte bitte." Ich knirschte mit den Zähnen und entschied mich, seine fast pausenlosen Vorschläge, uns zusammenzutun und gemeinsam zu arbeiten als die Motivation zu nutzen, die ich brauchte, um meine Trainingsziele zu erreichen. Ich war schon eine ganze Weile nicht mehr im Fitnessstudio gewesen und hatte mehr Kraft verloren als gedacht. Die musste ich wieder zurückbekommen.

„Hey, Boss", sagte ein großer, sportlicher Typ, als er zu uns gelaufen kam. Der Mann verbrachte offensichtlich viel Zeit damit, zu trainieren und das sah man ihm an. Ich meine, seine Muskeln hatten quasi Muskeln. Oha!

„Steve." Nick nickte dem Typen zu, bevor er sich wieder auf mich konzentrierte. Ich bündelte all meine Kraft in meinen Beinen und drückte die Plattform von mir.

„Ich kann hier übernehmen." Steve nahm beide Hände hinter den Rücken und wippte auf seinen Zehenspitzen. Irgendwie schaffte diese Geste es, freundlich und witzig zugleich zu wirken.

„Nein, danke." Nick wandte sich wieder mir zu.

„Du trainierst doch nie Leute, Boss", meinte Steve.

„Oh, ich bekomme eine Sonderbehandlung?", fragte ich und warf einen Blick hinüber zu Steve.

„Ja, eine fünf Sterne-Sonderbehandlung, würde ich sagen. Ich bin Steve Burns. Unser Fitnesstrainer hier."

„Missy Peters. Inhaberin einer Modeboutique, die vielleicht öfter als einmal im Jahr trainieren sollte", scherzte ich.

„Nun, da bist du bei uns genau richtig", sagte er und kicherte.

Während ich mich darauf konzentrierte, die Gewichte zu bewegen, hörte ich ihrem lockeren Gespräch zu und war von ihrem Geplänkel vollkommen fasziniert. Ich wollte wirklich daran arbeiten, wieder besser in Form zu kommen. Ich war immer der Ansicht gewesen, dass es gut für den Körper und den Geist wäre, sich fit und aktiv zu halten. Es schadete nicht, dass Nick ebenfalls hier an meiner Seite war, für mich zählte und Gewichte auflegte.

„Guter Satz", sagte Nick, bevor er einen Blick zu Steve warf. „Ich kriege das hin. Ist in Ordnung. Aber danke dir."

„Verstanden. Laut und deutlich." Steve hielt seine Handflächen hoch, bevor er schließlich davonlief.

Nick fokussierte sich wieder einmal auf mich. „Ich meine ... für meine Sportkleidungslinie zu modeln wäre keine große Sache. Nur ein einziges Fotoshooting, Missy. Sag ja."

„Mehr Gewichte bitte."

„Bist du immer so stur?", fragte er.

„Wenn ich nein sage, würde ich lügen", sagte ich und biss mir auf die Unterlippe.

„Hübsch und stur. Eine tödliche Kombination", meinte er, legte noch jeweils eine weitere Hantelscheibe auf jede Seite, bevor er sich wieder neben mich stellte und meine Wiederholungen zählte.

Während ich trainierte, sagte ich mir selbst, dass ich das tat, um in Form zu bleiben. Nicht, weil Nick so süß für mich mitzählte – oder aufgrund des fest entschlossenen Blickes in seinen Augen, jedes Mal, wenn ich ihn unterbrach, um nach mehr Gewichten zu fragen. Natürlich unterbrach ich ihn nicht jedes Mal. Die meiste Zeit ließ ich ihn ausreden, bevor ich nach mehr fragte.

Obwohl nichts in mir eine Beziehung wollte, störte es mich, dass er nicht daran interessiert zu sein schien, mit mir auf ein Date zu gehen. Ich hatte in letzter Zeit auch genügend Angebote bekommen – hauptsächlich von Typen, die begeistert waren, dass ich ein Supermodel gewesen war und diesen Typ Mann wollte ich nicht daten.

Ich wollte ein paar nette Dates mit jemandem, der wirklich ehrlich an mir interessiert war.

Und das Knistern zwischen mir und Nick schadete auch nicht.

„Also, wir haben darüber geredet, in die Oper zu gehen", sagte Nick aus dem Nichts.

Ein Schauer durchfuhr mich. „Schätze, das haben wir, oder?"

„Ja." Er nickte, während in seinen Augen eine Mischung aus Unheil und Wärme funkelte, die mich förmlich fesselte und ein stromartiges Prickeln an meinen Armen auslöste, das auf und ab wanderte. „Das haben wir. Ich hatte dich gefragt, wann wir über das Geschäftliche reden könnten und du hast gemeint, dass es ja immer eine Unterbrechung gibt."

„Klingt wie etwas, das ich sagen würde", meinte ich und fragte mich, warum er wieder den Faden über das Geschäftliche aufgenommen hatte. Ich machte damit weiter, die Gewichte zu bewegen, sobald er genickt hatte und es Zeit für meinen nächsten Satz war. Er zählte meine Wiederholungen und einmal berührte seine Hand kurz meine. Der Kontakt schickte einen elektrischen Blitz durch mich durch und ich sah zu ihm, während ich fast den Fokus und die Gewichte verlor.

Er kniff seine Augen ein klein wenig zusammen und ich rang nach Luft.

„Atmen", flüsterte er.

Ich versuchte es, ich versuchte es wirklich, aber mein Herz raste in meiner Brust und das kam nicht nur durch die Gewichte, die ich hob.

„Ich würde gerne mit dir in die Oper gehen, Missy."

Ich ließ die Gewichte mit nur einem kleinen Krachen nach unten und zuckte zusammen, bevor ich an Ort und Stelle innerlich einen kleinen Freudentanz tanzte. „Ich würde liebend gern mit dir in die Oper gehen, Nick."

Sein Gesichtsausdruck hellte sich auf und er hatte dieses charmante Grinsen auf den Lippen, das mein Inneres ganz flüssig werden ließ und ich entschied genau in diesem Augenblick, dass es wichtig war, ihm zu zeigen, dass ein Date mit mir viel interessanter war als nur Arbeit-Arbeit-Arbeit.

„Also ist das ein Ja?", fragte er.

Ich warf ihm einen seitlichen Blick zu. „Ja. Das ist ein Ja. Ja."

Nun, da wir unsere Pläne für Freitagnacht festgelegt hatten, hatte ich immer noch keine Ahnung, ob wir nun auf ein Date gingen oder ob das eine Strategie war, um in der Unterbrechung der Oper mit mir zu reden. So oder so kam ich aus dem Haus und machte mir einen netten Abend mit dem faszinierendsten Mann, den ich je getroffen hatte.

KAPITEL VIER

Die letzten paar Sonnenstrahlen fielen schräg durch die Badezimmerfenster und brachten die Partikel meines Gesichtspuders zum Vorschein, die in der Luft herumwirbelten, während ich mich fertigmachte, um mit Nick auszugehen. Der frische Duft von meinem sauberen Kleid und die leichte Blumennote meines Parfums kitzelten meine Nase, als ich mir meine Lieblings-Wimperntusche nahm.

Ich wusste, dass schon bald die Lichter der Stadt in der Dunkelheit funkeln würden, aber ich wäre nicht hier, um es wie normalerweise zu beobachten, weil ich ein Date hatte. Nick hatte mir versprochen, mich in die Oper einzuladen und heute war genau dieser Abend. Meinen Füßen war es nach einem kleinen Freudentanz und ich atmete tief durch, um mich zu beruhigen.

„Ich hasse es, wenn mir einfach keine Worte einfallen." Michelles Stimme hallte in das Badezimmer, während sie auf meinem Bett saß. „Schon seit Stunden sitze ich vor dem Bildschirm und starre ihn an. Nichts. Mein Kopf ist leer. *Nada.*"

„Ich sage mein Date heute Abend ab", meine ich und spähte gerade rechtzeitig aus der Tür, um zu sehen, wie sie ihren Kopf in ihre Hände warf. Sie war der Inbegriff von unzufrieden und das brachte mein Herz zum Schmerzen. „Vielleicht könnten wir ein Gilmore Girls-Marathon machen, um dich aufzumuntern?"

„Wage. Es. Nicht", sagte sie und betonte langsam jedes einzelne Wort.

„Bist du dir sicher?" Ich wollte für meine Freundin da sein, aber ich würde lügen, wenn ich gesagt hätte, dass ich mich nicht auf das Date mit dem mysteriösen, gutaussehenden, arbeitsorientierten Nick freute. Sobald sie genickt hatte, stellte ich mich wieder vor den Spiegel und trug das blütenblattfarbene Rosa auf meine Lippen auf, welches gut zu meinem rosa Kleid passte.

„Ja, geh und hab Spaß. Es macht auch keinen Sinn, wenn wir hier beide unzufrieden dasitzen."

„Wie wär's mit einer kleinen Aufmunterung?", fragte ich und wusste, dass sie keine Ahnung davon hatte, dass ich eine Überraschung für sie mit nach Hause geschmuggelt hatte.

„Was in aller Welt könnte diese epische Meisterleistung vollbringen?", fragte sie und klang so misstrauisch, dass ich ein Lachen unterdrücken musste. Ach, Michelle, die immer angespannte Mitbewohnerin. Ich hatte sie über alles lieb und hoffte, dass sie sich niemals veränderte.

Ich spähte zu ihr und bemerkte, dass sie mich mit großen und neugierigen Augen beobachtete. „Ich habe Minz-Eiscreme mit Schokoladenstückchen mit nach Hause gebracht."

Sie schnappte nach Luft und blinzelte mich an. „Woher wusstest du, dass das meine Lieblingssorte ist?"

„Ich habe da so meine Methoden." Ich wusste, dass sie in letzter Zeit ein wenig geknickt war, da sie mit ihrem Buch nicht vorankam. Anscheinend hatte der Umzug hierher nicht geholfen, sie aus ihrem Tief zu holen und nach einem Gespräch mit einer alten Freundin, die ich um Hilfe gebeten hatte, hatte ich den Weg in ihr Herz entdeckt. „Es ist im Gefrierfach."

„Du bist die Beste." Sie sprang in Windeseile vom Bett auf und rannte in die Küche. Kurz darauf kam sie wieder in mein Zimmer gesprungen, mit dem Eiscreme-Becher und einem Löffel in der Hand. „Also, wie *geht* es Claire?"

Ich kicherte. „Sie hat durch ihr Hochzeitskleid-Design-Geschäft viel zu tun. Seitdem das Foto ihrer Hollywood Star-Schwester in einem *People* Magazin aufgetaucht ist, ist ihr Geschäft durch die Decke gegangen. Noch dazu ist sie mit Alex beschäftigt."

„Wie geht es ihnen?", fragte sie mit vollem Eiscreme-Mund.

„Ihnen geht es selbstverständlich perfekt." Ich wandte mich wieder dem Spiegel zu und machte mir Gedanken darüber, was ich mit meinen Haaren anfangen sollte. Ich band sie zu einem lockeren Pferdeschwanz zusammen und ließ dann die dunklen Strähnen nach vorn um mein Gesicht fallen. Claire und Alex hatten sich verlobt und waren mehr als glücklich. Musste toll sein. Ich hatte davon ja keine Ahnung, da der Mann, den ich vorgehabt hatte zu heiraten, mich mit meiner Trauzeugin betrogen hatte. Ich weiß, dass ich einfach dankbar sein sollte, weil ich nochmal Glück im Unglück gehabt hatte und davongekommen war.

Mit gerunzelter Stirn band ich meine Haare zusammen und steckte sie mit einem hübschen Rosen-Haarspangenset mit Perlen fest, zog dann alle wieder heraus und schüttelte meinen Kopf.

„Irgendeine Idee, was bei ihnen in letzter Zeit so los war?", fragte Michelle, keuchte dann und hielt sich ihre Schläfen, woraufhin ihr Löffel sich darauf vorbereitete, jede Sekunde Eiscreme in ihre Haare zu tropfen.

„Gehirnfrost?"

„Jaaaaa", sagte sie und zuckte zusammen.

„Du musst es in deinem Mund erst aufwärmen, bevor du es schluckst."

„Das sagst du mir jetzt?"

„Jedenfalls ... Claire und Alex waren bei einem Töpferkurs. Wie sich herausgestellt hat, ist Alex ein Naturtalent, aber alles, was Claire angefasst hat, hat sie *zerstört*. Sie hat echt über sich selbst lachen müssen und als wir uns darüber unterhalten haben, hatte Alex laut im Hintergrund rumgenörgelt, dass sie seine perfekte Vase angefasst hatte und sie daraufhin zu einem Klumpen Ton zusammengefallen ist", sagte ich und musste kichern, als ich meine Haare nach hinten kämmte und einen Teil davon feststeckte, während ich die Längen meinen Rücken offen nach unten fallen ließ.

„Seltsam." Michelle klang amüsiert, bevor sie sich den nächsten Löffel Eis in den Mund schob. „Man sollte denken, dass jemand, der beruflich Hochzeitskleider anfertigt, gut bei jeder Art von Kunst wäre."

„Ich denke, es hat ihr nicht gefallen, sich schmutzig zu machen", meinte ich und hob eine Augenbraue. Claire hatte mir erzählt, dass sie geduscht hatte, als sie wieder zu

Hause war, auch, wenn sie sich die Hände bereits nach dem Kurs gewaschen hatte. Ich öffnete meine Haare wieder und seufzte. „Keine dieser Frisuren gefallen mir."

„Lass sie einfach offen", sagte Michelle und gestikulierte umher. „Claire hat es nie gemocht, sich schmutzig zu machen. Wie hat es ihr gefallen, dass Mr. Wissenschaftler besser darin war als sie?"

„Sie haben viel gelacht, also denke ich, dass sie Spaß hatte und es ihr nicht allzu wichtig war." Ich seufzte. Oh, wenn man doch nur solch eine Liebe finden würde. Ich hatte meine Freundin lieb, aber ich war auch eifersüchtig auf sie. „Claire und Alex sind wirklich wie füreinander geschaffen und das merkt man. Wohingegen ich mit einem Mann ausgehe, der mich als eine Geschäftsidee sieht."

Michelle war einen Moment lang still. „Du meinst Nick?

Ich spähte zu ihr hinüber. „Natürlich meine ich Nick. Hast du gedacht, ich meine Alex?" Ich kicherte und sie zog beide Schultern und eine Augenbraue nach oben.

„Das war nicht deutlich." Sie stellte den Eisbecher auf dem Nachttisch ab und kam ins Bad geschlendert. Mit flinken Fingern nahm sie meine Haare und drehte sie nach oben zusammen, während ich ihren Bewegungen im Spiegel folgte. Sie nahm sich einen hübschen Kirschblüten-Haarkamm und steckte damit alles an meinem Hinterkopf fest. „Wie wär's denn damit?"

„Das sieht aus wie ein French Twist." Ich liebte es. Sie muss die Begeisterung in meiner Stimme gehört haben, denn es zauberte ihr ein strahlendes Lächeln ins Gesicht. „Das ist perfekt, Dankeschön." Ein paar Locken, die nun mein Gesicht umrahmten, waren dem Zopf entwichen und sie wickelte sie um ihre Finger, bevor sie zurücktrat, um mich zu begutachten.

„Du siehst umwerfend aus. Und außerdem bist du an Nick interessiert. Das ist offensichtlich." Sie klang, als hätte sie irgendein dunkles Geheimnis von mir herausgefunden.

Ich hob meinen Finger nach oben. „Wehe du sagst es –"

„Ich werde es sagen." Sie lachte. „Weil du weißt, dass es stimmt."

„Michelle, nicht –"

„Ich hab's dir gesagt." Die Worte platzten aus ihr heraus und ich blickte sie im Spiegel ironisch finster an, während sie sagte: „Du *magst* ihn. Gib's einfach zu."

„Ich bin noch nicht bereit für eine Beziehung, aber seitdem wir uns getroffen haben, denke ich ununterbrochen an Nick. Ich versuche, es nicht zu tun, aber ich kann nicht anders." Tränen schossen mir in die Augen und ich zwinkerte, um sie zurückzuhalten, woraufhin die plötzliche Welle der Emotionen mich meinen Kopf schütteln ließ. „Als Kyle mich betrogen hat, habe ich gedacht, dass ich nie wieder an einem Mann interessiert sein würde. Dann habe ich diesen ... wie hieß der nochmal ... von Charlie Rockwells Hochzeit gedated."

„Ja, wie *hieß* er denn?", fragte Michelle.

Ich zuckte mit den Schultern. „Alles an ihm war so ... leicht zu vergessen. Ich meine, er war ganz nett, aber es hat einfach nicht gefunkt; die Chemie hat eben nicht gestimmt."

„Die Chemie ist wichtig." Sie nickte und blickte mir durch den Spiegel in die Augen. „Und die hast du mit Nick. Das habe ich gesehen."

„Nur, dass er nicht auf mich steht."

Sie wirkte verblüfft. „Wieso denkst du das?"

Ich zog hilflos beide Schultern nach oben. „Alles, worüber er spricht, ist das Geschäftliche. Wie wir uns gegenseitig helfen könnten. Wie wir zusammenarbeiten sollten. Wie er will, dass ich für ihn modle."

„Ausreden, um mit dir reden zu können", meinte Michelle.

„Nein, ein Mann wie Nick ist direkt. Er würde es sagen, wenn er an mir interessiert wäre", meinte ich – und doch war da irgendetwas zwischen uns. Selbst Michelle schien sicher zu sein, es bemerkt zu haben. „Weißt du was?", sagte ich, als mir gerade eine Idee kam. „Ich werde ihn auf Social Media adden." Ich nahm mein Handy und suchte nach ihm. Bevor ich meine Meinung ändern konnte, schickte ich ihm eine Freundschaftsanfrage. „So, das ist nichts, was ein Geschäftskollege tun würde, oder? Wir werden sehen, ob er sie annimmt und dann werde ich es wissen."

„Ja, genau so!" Michelle warf wie eine Cheerleaderin ihre Faust in die Luft und ging dann zurück in mein Zimmer, wo sie sich wieder mit ihrem schmelzenden Eis auf das Bett setzte.

Ich musste nicht lange auf Nicks Reaktion warten. Nur ein paar Momente später ploppte eine Benachrichtigung auf meinem Smartphone auf. „Er ist es!"

„Nick?"

„Ja! Er hat meine Freundschaftsanfrage angenommen und mir noch eine Nachricht geschickt."

„Und? Spann mich nicht so auf die Folter. Was hat er geschrieben?"

Mit zitternden Fingern tippte ich auf mein Display und

wartete darauf, dass die Nachricht lud. „Er schreibt ... *gute Idee, sich auch hier zusammenzutun.*"

„Ist nicht dein Ernst, oder?", fragte sie.

Ich ließ meine Schultern hängen und ächzte; ich kaute auf meiner Lippe herum, bevor mir wieder einfiel, dass ich ja Lippenstift trug. Ich bügelte die verschmierte Stelle rasch mit einem Fingertippen wieder aus und trug die Farbe erneut auf.

„Siehst du?", sagte ich und checkte meine Zähne, um sicherzugehen, dass ich keinen Lippenstift daran kleben hatte. Nichts. „Diesem Mann geht es nur ums Geschäft."

„Autsch."

„In der Tat, autsch", entgegnete ich und wusste, dass Michelle recht hatte. Ich war an einer potentiellen Beziehung mit ihm interessiert. Das Knistern zwischen uns war nicht zu leugnen ... aber vielleicht war mein Interesse einfach nur Selbstschutz. Vielleicht fühlte es sich sicher an, einen Kerl zu wollen, von dem ich wusste, dass er nicht interessiert war. Oder vielleicht war ich so sehr an ihm interessiert, weil ich schon eine Weile lang nicht mehr ausgegangen war. Ja, das musste es sein. Zumindest hatte ich vor, zu versuchen, mich selbst davon zu überzeugen.

KAPITEL FÜNF

„Er ist hier!", rief Michelle und ließ es wie ein Ruf zu den Waffen klingen.

„Okay!", rief ich zurück und fühlte, wie die Panik meinen Blutdruck in die Höhe schießen ließ, während ich mich ein letztes Mal im Spiegel begutachtete. Nick war hier, um mit mir in die Oper zu gehen. Es war nur ein nettes Geschäftsdate, das durfte ich nicht vergessen und musste ruhig bleiben. Also atmete ich einmal tief durch, bevor ich mein Zimmer verließ.

Ich winkte Michelle zu, als ich durch das Wohnzimmer ging, dann in den vorderen Teil meiner Penthouse-Wohnung eilte und die Tür öffnete.

„Wie schön, dich hier zu treffen", sagte Nick; seine Mundwinkel zogen sich nach oben, als er vor mir stand und in seinem anthrazitfarbenen Anzug und einem dunkelblauen Hemd wahnsinnig gut aussah. Sein Blick ließ mein Herz kurz aussetzen. Sein maskulines, kräftiges Parfum kitzelte in meiner Nase.

„Vielleicht hatte ich geplant, dir genau zu dieser Zeit

hier zu begegnen", sagte ich und begutachtete ihn von oben bis unten. Wow. Mein nettes Geschäftsdate sah *heiß* aus.

Er kniff seine Augen ein wenig zusammen, während Feuer in ihnen loderte. „Du siehst hübsch aus, Missy."

„Dankeschön. Du siehst selbst sehr schick aus", entgegnete ich und bemerkte, dass ihm sein maßgeschneiderter Anzug perfekt passste. Er hatte seine Haare nach hinten gekämmt und roch köstlich, nach Salbei und Zimt.

„Wollen wir?" Er streckte mir seine Hand entgegen und ich nahm sie. Das Gefühl seiner warmen Haut an meiner ließ ein Kribbeln meinen Arm hinaufwandern.

„Wir wollen", sagte ich, drehte mich ein wenig präsentierend um mich und schenkte ihm ein kleines Lächeln.

„So hübsch", wiederholte er; das heisere Knurren in seiner Stimme brachte mein Herz zum Flattern. Er klang nicht, als würde er mir das Kompliment aus Verpflichtung machen. Seine Stimmlage verriet mir, dass er es sagte, weil er es so *meinte*.

„Danke, Nick", sagte ich, während es in meinem Bauch kribbelte.

Ich zog die Tür hinter mir zu, trat nach vorn und hörte dann, wie die Tür hinter mir wieder geöffnet wurde. Michelle stand dort und reichte mir meine Handtasche, während ich erst realisierte, dass ich meine Clutch vergessen hatte, als ich sie sah. Ups. Ich nickte ihr zu und nahm sie lächelnd entgegen, während sie die Tür langsam Zentimeter für Zentimeter wieder schloss.

„Hallo Michelle." Nick musste kichern.

„Hey", sagte sie und lächelte ihn strahlend an. „Sorry, ich habe versucht unauffällig zu sein – ich wollte nicht unhöflich sein oder dich ignorieren. Genießt euer Date, ihr beiden."

Mit diesen Worten verschwand sie wieder in dem Loft und Nick schenkte mir ein müdes Lächeln.

„Sie ist eine gute Freundin." Ich klemmte mir meine Clutch unter meinen Arm und war erleichtert, dass sie mich noch erwischt hatte, bevor ich gegangen war, damit ich mein Handy, meinen Lippenstift und mein Portemonnaie für diesen Abend dabeihatte.

Er nickte. „Bereit?"

„Ja." Mit ihm an meiner Seite ging ich den Gang hinunter zum Fahrstuhl. Mit jedem Schritt setzte sich Anspannung in meinen Knochen fest, während ich mich auf sein Gesprächsthema gefasst machte. Wann würde er damit anfangen, mich über die Arbeit auszufragen? Ich hatte gescherzt, dass es immer eine Unterbrechung gab, in der man reden konnte, aber ich kannte den wahren Grund, weshalb er mich eingeladen hatte ... für noch eine Möglichkeit, weiterhin zu versuchen, mich dazu zu überreden, mit ihm zu arbeiten.

„Danke hierfür." Ich sah zu ihm hinauf und mein Blick wanderte entlang seiner kräftigen, hübschen Gesichtszüge. „Dass du mit mir ausgehst, meine ich. Es ist schon eine Weile her, seitdem ich unter Leute gekommen bin und der letzte Typ war nicht wirklich ... er war einfach *nicht*. Deshalb ist das hier so schön, weißt du?"

„Es ist definitiv schön", sagte er und streckte, als der Fahrstuhl sich öffnete, seinen Arm in einer Geste aus, damit ich vor ihm eintrat.

„Normalerweise rede ich nicht allzu viel, sorry." Ich ging hinein, atmete tief durch und versuchte meine

Nerven zu beruhigen, die ich in jeder Zelle meines Körpers spürte, was richtig seltsam war. Ich *wollte* doch kein richtiges Date. Warum war ich dann so genervt, dass Nick sich nur aus geschäftlichen Gründen mit mir treffen wollte?

„Ich höre dir gerne zu." Er lächelte zu mir hinunter, als er mir in den Aufzug folgte. Wir beide wollten den Knopf für das Erdgeschoss drücken und unsere Finger berührten sich leicht. Ich riss meine Hand zurück, ganz perplex von der plötzlichen warmen Berührung und lächelte ihn nervös an.

„Erzähl mir etwas von dir", sagte er in seiner kräftigen Stimme, die wie Musik in meinen Ohren klang.

Ich blinzelte. Er wollte, dass ich über mich redete? Auf eine nicht-geschäftliche Art und Weise? Ich war mir nicht sicher, wie ich das verstehen sollte. Hm.

„Was würdest du denn gerne wissen?", fragte ich ihn und wandte mich ihm zu, als sich die Türen des Fahrstuhls schlossen.

Er hob meine Hand und sah sie sich an, bevor er mir in die Augen schaute. „Warum die Oper?"

„Meine Liebe zur Oper entstand bei einem Besuch in Mailand. Ich bin in La Scala in die Oper gegangen. Italien ist so schön und definitiv mein liebstes Reiseziel." Ich schloss meine Augen und konnte mich an alles in Italien erinnern; der warme Geruch von Ton in der Sonne, endlose Weinberge und die Art von Landschaft, die sonst nirgendwo auf der Welt existierte. „Es ist wirklich ein magischer Ort."

„Findest du?" Seine dunklen Augen funkelten, während sich die Aufzugtüren aufschoben. Wir betraten die Lobby und gingen über den Marmorboden zur Eingangstür. „Ich komme aus Mailand."

Ich schnappte nach Luft. „Das ist fantastisch. Ich wette, du liebst es so sehr wie ich."

Er nickte, als der Portier die Glastür für uns öffnete. Ich nickte ihm zu, während mein Date mich zu seinem Auto führte – eine teure Limousine der Spitzenklasse wartete am Bordsteinrand. Er öffnete die Beifahrertür für mich. Ich klemmte meine Clutch wieder unter meinen Arm, setzte mich hinein und hob meinen Rock hoch, damit er nicht in der Tür eingeklemmt wurde. Dann nickte ich ihm zu, um zu bedeuten, dass ich bereit war und er schloss die Tür. Ich beobachtete ihn, wie er mit großen Schritten vorne um das Auto herumeilte. Der neue-Auto-Geruch mit einem Hauch von Nicks Parfum, der in der Luft hing, stieg mir in die Nase. Berauschend.

Als er die Fahrertür öffnete, lächelte ich zu ihm hinüber. „Du hast einen exquisiten Geschmack in allem, oder?", fragte ich und meinte diesmal das Auto.

„Ich habe es gerne komfortabel", meinte er. „Deinem Penthouse nach zu urteilen, schätze ich, dass man von dir dasselbe behaupten könnte."

„Touché, Nick. Touché", sagte ich und bemerkte, dass es sich so natürlich wie Atmen anfühlte, mit Nick zu reden.

Er ließ den Motor an und bog in einer flotten Bewegung auf die Straße, die mir verriet, dass er es gewohnt war, schnell zu fahren – genau wie die Autofahrer in Italien. „Warst du geschäftlich oder privat in Mailand?"

„Beruflich. Das war damals zu meinen Modelzeiten", meinte ich und entschied mich, mich ein wenig mehr zu öffnen. „Willst du wissen, warum ich aufgehört habe, zu modeln?"

„Ja, so kann ich dich dazu überreden, ein letztes Mal für meine Modelinie zu modeln."

„Du bist unerbittlich." Ich konnte nicht anders, als dieses Mal über sein Durchhaltevermögen zu lachen, selbst, als das Gefühl von Enttäuschung etwas an mir nagte.

„Erzähl es mir, Missy. Ich will wissen, warum du das glamouröse Leben aufgegeben hast", sagte er und ließ mich wissen, dass es ihn wirklich interessierte.

„Ich liebte die Lichter, die Outfits und die wundervollen Leute, die ich kennengelernt habe", meinte ich und dachte an all die Partys und schöne Zeiten zurück. „Aber ich war irgendwann einfach ausgebrannt, weißt du?"

Er nickte, während er durch die Straßen der Stadt fuhr, aber ich wusste, dass seine Aufmerksamkeit auf mich gerichtet war. „Wenn du all das geliebt hast, dann hat das Burnout vielleicht mit anderen Aspekten des Jobs zu tun gehabt." Seine Hände wanderten auf zehn und zwei Uhr am Lenkrad und ich lächelte ihn seitlich an. Ein verantwortungsvoller Fahrer. Das gefiel mir.

„Im Endeffekt wollte ich es einfach nicht mehr machen, also habe ich aufgehört. Das klingt verrückt, besonders, da ich so viele Follower auf Social Media habe und meine Karriere immer noch richtig gut gelaufen ist, aber irgendwie ... hatte ich einfach genug, weißt du?"

Er nickte. „So viel reisen zu müssen ist nicht immer einfach."

„Exakt", sagte ich und hatte das Gefühl, dass er zuhörte und mich verstand. „All diese Flüge und all die Hotelzimmer waren erste Klasse. Ich weiß, wie glücklich ich mich schätzen konnte, solche Möglichkeiten gehabt zu haben – und glaub mir, ich habe hart gearbeitet, aber irgendwann kam der Punkt ... es war, als hätte ich eine Grenze überschritten, ohne überhaupt zu wissen, dass dort eine Grenze in Sicht war."

Er blieb an einer roten Ampel stehen und blickte mit einem netten Lächeln in seinen Augen zu mir hinüber. „Klingt, als hättest du das Reisen mehr sattgehabt als das Modeln. Vielleicht warst du bereit, dich niederzulassen."

Ich pustete meinen Atem aus. „Wem sagst du das ... Ich habe versucht, mich niederzulassen. Ich war sogar verlobt."

Er spannte sich ein wenig hinter dem Lenkrad an; eine Falte zwischen seinen Augenbrauen bildete sich und verschwand wieder. Dann wurde die Ampel grün und er fuhr hinaus auf die Kreuzung. Sein aggressiver Fahrstil machte mir kein bisschen Angst. Irgendwie gefiel mir die autoritäre Art, wie er die Straße zu seinem eigen machte. „Was ist passiert?"

„Wir haben uns kurz vor der Hochzeit getrennt, nachdem ich herausgefunden hatte, dass er mich mit meiner Trauzeugin betrogen hat", erzählte ich und es kam mir fast so vor, als ob es die Geschichte von jemand anderem und bereits vor Ewigkeiten geschehen war. Alles, was ich nun fühlte, war ein leeres Vertrauens-Kästchen, das sich gefühlt nie wieder füllen würde.

Nicks Hand ließ das Lenkrad los und er legte seine auf meine. Die Berührung beruhigte etwas in mir und ich mochte das Gefühl unserer verbundenen Hände.

„Echte Männer gehen nicht fremd." Er drückte versichernd meine Hand, bevor er seine wieder an das Lenkrad nahm. Dann fand er eine Parklücke entlang der Straße nahe des Sacramento Memorial Auditorium, einem historischen Denkmal. Nick fuhr nah an den Bordstein heran und parkte beim ersten Versuch perfekt seitlich ein.

Kurz darauf war er ausgestiegen, stand vor meiner Tür, öffnete sie für mich und hielt mir seine Hand entgegen. Ich nahm sie und stieg aus, während mein Herz ein wenig zu schnell schlug. Er hatte immer noch nichts über unsere potentielle geschäftliche Zusammenarbeit erwähnt. Ich bereitete mich darauf vor, dass er das Thema ansprechen würde, wenn wir das Opernhaus betreten würdem, aber stattdessen redete Nick über die Innenausstattung des Auditoriums und wie sie die historische Integrität mit modernem Komfort vereinte. Wir fanden unsere Plätze und ich fing an mich zu entspannen, als die Oper begann.

Vor der Unterbrechung, war ich den Tränen nahe und durch verschwommene Sicht auf die Bühne. Nick drehte sich zu mir, sein Gesichtsausdruck warm. „Jetzt ist Pause, *bella*.“

Ich blinzelte, realisierte, dass die Lichter gerade angegangen waren und ... warte, hatte er mich gerade *bella* genannt? Ich war viele Male in Italien gewesen und wusste, dass das *Schönheit* oder *meine Schöne* bedeutete. Sein kleines, liebes Wort brachte mein Herz in meiner Brust zum Rasen.

„Ich sollte mir meine Nase pudern gehen“, sagte ich und wollte nachsehen, ob sich meine Wimperntusche nach der bisher so emotionalen Inszenierung um meine Augen verschmiert hatte. Wir standen auf und gingen Richtung Lobby, aber die Stimme einer Frau hielt uns auf einmal auf.

„Nick?“, sagte sie.

Ich drehte mich um und sah eine flotte Blondine, deren

Augen ganz groß wurden, so als ob sie glücklich und doch überrascht war, meinen Nick hier zu sehen. Ähm, Nick hier zu sehen. Nur Nick. Ganz und gar nicht meiner. Nicht einmal annähernd.

„Melanie?" Nick streckte ihr seine Arme entgegen und umarmte sie. Eifersucht überkam mich, aber ich verdrängte sie. Immerhin hatte ich auch kein Recht darauf, eifersüchtig zu sein.

Melanie ließ Nick zügig wieder los und zog an der Hand ihres Dates, dessen Anwesenheit ich nicht einmal bemerkt hatte. Der Mann trat nach vorn und streckte Nick seine andere Hand entgegen. Die Männer begrüßten sich und ich war ein wenig verwirrt, da ich mich fragte, woher Nick all diese Leute kannte.

„Das ist Matt", sagte Melanie und lächelte Nick an. Ihr Blick schnellte zu mir, bevor sie wieder zu Nick sah, der seine Hand unten auf meinen Rücken legte und mich ein wenig nach vorne stupste.

Ich machte mich auf das Unvermeidliche gefasst –, dass Nick mich als seine zukünftige Geschäftspartnerin vorstellte. Natürlich würde er ihnen die Wahrheit sagen –, dass er mich aus arbeitstechnischen Gründen eingeladen hatte, also warum störte mich dieser Gedanke so sehr?

„Mel, das ist Missy. Missy, das ist Melanie. Sie war mal eine Aerobic-Fitnesstrainerin im Totally Fit, aber sie gibt mittlerweile eine andere Art von Unterricht." Nick lächelte herzlich zu mir hinunter und ich nickte, woraufhin ich Melanie meine Hand entgegenstreckte. Zu meiner Überraschung zog sie mich in ihre Arme.

„Echt schön, dich kennenzulernen", sagte sie und klang freundlich und quirlig. Sie ließ mich los, lächelte hinauf zu

Matt und sprach zu uns beiden: „Das mit meinem Berufswechsel war kein Scherz von ihm. Ich habe von Aerobic-Training für Erwachsene zu Unterricht für Kinder in der Grundschule gewechselt. Mein Verlobter Matt ist Professor für Philosophie an der California State University.“

„Philosophie?“, fragte ich und war neugierig. „Meine liebste philosophische Studie ist Platons Höhlengleichnis.“

Matt nickte, seine freundlichen Augen begannen zu strahlen. „Ah, Platon ist ein fantastisches Thema, genau wie sein Lehrer Sokrates.“

Ich nickte und stimmte ihm voll und ganz zu. „Und wenn man schon von Sokrates spricht, ist Aristoteles auch ein Muss.“

„Die solltest du dir nicht entgehen lassen.“ Matt legte eine Hand auf seine Brust und wandte sich Nick zu, so als ob die Aussage eine ausgemachte Sache wäre. Ich blickte zu Nick hinauf und bemerkte, dass er mich genau beobachtete.

„Was?“, fragte ich, plötzlich ganz außer Atem.

„Du schaffst es immer wieder, mich zu beeindrucken.“ Seine gemurmelten Worte schickten eine Hitzewelle in meinen Bauch und bereitete mir Gänsehaut, die meine Arme auf- und abwanderte.

„Danke. Jetzt muss ich aber los und die Damentoiletten suchen. Hat mich gefreut, euch kennenzulernen, Matt und Melanie.“ Ich lächelte entschuldigend und eilte in Richtung der Toiletten davon, während mein Kopf sich drehte und mein Herz pochte. Als ich vor den Spiegeln stand, sah ich nach meinem Makeup und merkte, dass ich noch immer frisch aussah, also nahm ich mir einen Moment, um mich zu sammeln.

Noch nie hatte mich ein Mann auf diese Weise so berührt. Mein Ex hatte das nicht einmal ansatzweise geschafft – und wir waren verlobt gewesen, was völlig verrückt war, wenn ich jetzt so darüber nachdachte. Wir hatten gut zusammen ausgesehen und ein paar der schönen Dinge im Leben genossen, aber die Verbindung war einfach nicht da gewesen. Rückblickend war es eher eine Beziehung gewesen, die „auf dem Papier gut ausgesehen hatte", bis er, naja, untreu wurde.

Doch ganz im Gegenteil; alles, was Nick sagte und tat, schien, als ob er mich direkt durchschaute und etwas zu verbergen gab es nicht. Ich hörte Nicks Worte erneut in meinem Kopf, schloss meine Augen und erinnerte mich an seinen Gesichtsausdruck, als er gemeint hatte, dass ich es immer wieder schaffte, ihn zu beeindrucken. Das war vielleicht das netteste Kompliment, das ich je bekommen hatte und auch das berührendste.

Ich verließ die Toiletten und ging zurück zu unseren Plätzen, da ich nicht zu spät zum nächsten Akt kommen wollte. Ich fand Nick und setzte mich neben ihn, wartend und aufgeregt. Seine Hand suchte nach meiner und irgendetwas machte klick, als ob sich mit dieser einen Geste alles in meinem Leben von ganz allein zusammenfügte.

Ich genoss die Musik und den Gesang, aber meine Gedanken sprangen immer wieder zurück zu Nicks Gesichtsausdruck und seinen Lippen, die murmelten ... *du schaffst es immer wieder, mich zu beeindrucken.* Jedes Mal, wenn sich die Worte in meinem Kopf wiederholten, erhellte sich mein Gesicht und ein Schauder lief mir kitzelnd meinen Rücken hinunter.

Als die Lichter zum letzten Mal erneut angingen,

standen wir auf und klatschten. Während die Leute langsam nach draußen strömten, schlossen wir uns an und machten uns auf den Weg zu den Ausgängen.

„Das Date war wirklich schön, danke." Ich sah mit einem Lächeln zu ihm hinauf. Erst dann bemerkte ich, dass wir kein Wort über die Arbeit verloren hatten und jeder Muskel in meinem Körper spannte sich an. Jetzt wäre der Zeitpunkt gekommen. Während er mich nach Hause brachte. Es war seine letzte Chance, also wäre jetzt natürlich die Zeit dafür.

„Weißt du, wir haben gar nicht über die Arbeit gesprochen." Er grinste mich an; ein jungenhafter Charme erhellte sein Gesicht, obwohl seine Worte kleine Dartpfeile auf mein Herz warfen. „Ich bin aber froh, dass du es ein Date genannt hast, denn ich habe es – genau wie deine Gesellschaft – auch unheimlich genossen. Danke, dass du heute Abend mit mir mitgekommen bist."

„Sehr gerne", sagte ich, als mein Herz immer schneller schlug, während wir hinaus in die kühle Luft der Nacht gingen und ich das Gefühl hatte, das erfüllendste Date meines Lebens gehabt zu haben.

KAPITEL SECHS

Das Gefühl von frischem, neuem Satin unter meinen Fingerspitzen ließ pure Freude durch meine Adern fließen. In ungefähr dreißig Minuten würde ich den Laden für heute schließen. Seit der Öffnung war es ein stetiger Strom an Kunden gewesen und ich fühlte mich erschöpft. Nichtsdestotrotz war eine neue Lieferung angekommen, weshalb ich ganz aufgeregt war.

Ich würde alles auspacken und sichergehen, dass meine farbliche Abstimmung und Sortierung im Laden makellos waren. Während die Sonne sich ihren Weg Richtung Horizont bahnte, verlor ich mich in den weichen und sanften Stoffen und die Zeit begann wie im Flug zu vergehen. Ich würde diese Lieferung ordentlich verstaut haben, bevor ich heute Abend nach Hause ging. Dafür würde ich sorgen. Es gab nichts Schlimmeres, als an einem neuen Tag zur Arbeit zu kommen und noch die unfertige Arbeit vom Vortag vor sich zu haben.

Mit meinem Karton voll Kleiderbügel begann ich die neuen Satinoberteile aufzuhängen. Manche waren aus einer feinen Fliederfarbe, manche waren rosenblütenpink und wiederum andere waren blassviolett. Perfekt, hübsch, fein. Exakt, was in dieser Saison angesagt war.

Das sanfte Klingeln der Eingangstür rüttelte mich wach und ich blickte auf. Ein Lächeln umspielte meine Lippen, als ich sah, wie Nick mit jeweils einem Becher Kaffee in der Hand auf mich zu kam.

Er blieb vor mir stehen und bot mir den Kaffee mit einem kleinen Nicken an. „Fettfreier Latte mit ein wenig zuckerfreier Vanille und einem Hauch von Zimt."

„Du hast es dir gemerkt." Ich nahm den warmen Becher; Hitze machte sich in meinem Bauch breit und strahlte in einer erstaunlichen Geschwindigkeit überall in mir aus.

„Natürlich habe ich das. Es ist dir wichtig, also ist es mir auch wichtig."

Ich blinzelte, während er einen Blick auf die Kartons warf.

„Bleibst du länger, um heute noch zu arbeiten?", fragte er und seine Aufmerksamkeit sprang wieder zurück zu mir.

Ich nickte und Wärme sammelte sich in meinen Wangen. Ich musste aufhören, daran zu denken, wie er gestern in der Oper meine Hand gehalten hatte. Es hatte nichts zu bedeuten – offensichtlich – da er mir nicht einmal einen Abschiedskuss gegeben hatte. Darüber hinaus, dass er mich nicht geküsst hatte, hatte er sich auch noch *seltsam* verhalten ... aber er war hier mit meinem Lieblingskaffee aufgetaucht, also war ich verwirrt, um es milde auszudrücken.

„Jap. Warum etwas bis morgen aufschieben, was man heute erledigen kann?" Ich hatte noch nie den Sinn darin gesehen, etwas aufzuschieben. Wenn ich Aufgaben bis zum nächsten Tag liegen ließ, würden sie mir die ganze Nacht keine Ruhe lassen, meinen Kopf durcheinanderbringen und mich davon abhalten, zu schlafen. Also machte es Sinn, alles zu erledigen – für meine geistige Gesundheit und um nachts ordentlich schlafen zu können.

„Gute Arbeitseinstellung", meinte er. „Ich bin da genau so. Ich kann einfach nicht schlafen, wenn es Arbeit zu erledigen gibt."

„Ich glaube immer mehr, dass du ein Gleichgesinnter bist", platzte es aus mir heraus und meine Hände hielten über dem Stapel an Blusen inne, die ich aus dem Karton geholt hatte, während meine Wangen ganz warm wurden. Ich sah zu ihm auf, aber er begutachtete etwas im hinteren Teil des Ladens, bevor sein Blick wieder meinen fand. „Was?"

„Nichts", sagte er einfach.

Nichts? Er hatte wortwörtlich gerade laut ausgesprochen, was ich gedacht hatte und ich hatte ihn einen Gleichgesinnten genannt und seine Antwort war: *nichts*.

Er stellte sich mir gegenüber, wo er stehenblieb, seinen Kaffee auf ein Regal neben ihm stellte und den nächsten Karton öffnete. „Du liebst diesen Laden, oder?"

„Ja." Ich nickte und fing an, die Blusen auf die Kleiderbügel zu hängen, während ich versuchte, meine Verwirrung aufgrund seiner fehlenden Reaktion auf mein herausgeplatztes Eingeständnis zu verdrängen. Ich fuhr mit meinen Fingern über den weichen Seidenstoff der Bluse und verlor mich in der Schönheit des Oberteiles. „Ich liebe hübsche Kleidung. Bestmöglich auszusehen hilft mir, mich gut zu fühlen. Das klingt wahrscheinlich albern."

„Ganz und gar nicht." Er schüttelte den Kopf, seine dunklen Augen suchten meine. „Dasselbe Gefühl habe ich, wenn ich trainiere. Allerdings genieße ich es trotzdem, mich gut zu kleiden. Ich verstehe voll und ganz, was du meinst. Ich bin deiner Meinung. Gleichgesinnte, richtig?"

Ich erschauderte erst und nickte dann, während meine Lippen ein kleines Lächeln zierte. „Ich habe über deinen Vorschlag nachgedacht. Ich denke, dass wir unsere Mottos mit großem Erfolg vereinen könnten, um den Leuten zu helfen, bestmöglich auszusehen und sich auch so zu fühlen."

Er fing an, den Stapel Hosen zu falten, den er vor sich ausgepackt hatte. Ich beobachtete ihn einen Moment lang und war überrascht, zu sehen, dass er sich zu erinnern schien, wie ich ihm beigebracht hatte, sie zusammenzulegen. Sein Auge fürs Detail spiegelte meines wider und jede einzelne Falte in dem Stoff schien präzise und perfekt.

„Du lernst schnell."

„Ungeteilte Aufmerksamkeit ist das, was meine Lehrerin verdient", sagte er und warf mir mit diesen braunen Augen einen feurigen Blick zu. „Missy, du wärst das perfekte Model für meine Sportkleidung. Ich will dich nicht unter Druck setzen, ich möchte nur sagen, dass ich finde, wie du dich gibst und wie dir dein Auftreten und deine Gesundheit wirklich wichtig sind, würde sicherlich durchscheinen und das Produkt glänzen lassen."

Sein Kompliment ließ mein Herz in meiner Brust hüpfen. Ich starrte ihn an und alles an mir wurde ganz warm. „Naja, du hast gute Ideen, aber ich bin noch unentschlossen, ob ich mit dir arbeiten sollte." Ich lächelte und zuckte mit den Schultern, woraufhin er kichern musste.

„Naja, das ist kein Nein." Er öffnete den nächsten Karton und ich realisierte, dass er den gesamten letzten Karton mit den Hosen bereits gefaltet hatte. Ich beeilte mich ein wenig mehr damit, die Blusen aufzuhängen. Er hatte bereits einen ganzen Karton leergeräumt, während ich noch nicht einmal mit einem fertig war. Ich nahm einen Schluck von meinem Kaffee und betete, dass das Koffein mir helfen würde, wieder in Schwung zu kommen.

Während wir in Stille arbeiteten, erinnerte ich mich daran, dass, als er mich letzte Nacht zur Tür gebracht hatte, ich gehofft hatte, dass er mich küssen würde. Naja, um ehrlich zu sein war ich ein einziges Nervenbündel gewesen und hatte vor Aufregung und Vorfreude umherspringen wollen.

Doch er hatte nur ganz sanft meine Wange berührt, mir gesagt, dass er es genossen hatte und mich dort alleine stehengelassen, während ich zugesehen hatte, wie er den Gang hinuntergegangen war. Und ich hatte ihm hinterhergesehen, als er ging, während mein Herz in meiner Brust geschmerzt hatte, da ich gedacht hatte, dass es gut gelaufen war. Wir hatten nicht einmal über das Geschäftliche gesprochen, er hatte es ein Date genannt und der Abend hatte perfekt gewirkt. Trotzdem kein Kuss. War er schwul?

Nein, der feurige Blick, mit dem er mich ansah, verriet mir, dass das nicht das Problem war. Also was dann?

Der Karton, den er öffnete, sprang auf, als er das letzte Stück Klebeband durchschnitt und ich schnappte nach Luft, bevor ich an seine Seite eilte. Der hübsche Stoff und die schulterfreien Oberteile waren für meinen Geschmack ein wenig gewagt gewesen, aber ich musste es ausprobieren. Sie wären perfekt für jemanden mit Michelles Figur, wenn ich sie jemals von ihrem Laptop wegzerren und sie hierherbekommen könnte, damit ich sie einkleiden konnte.

Zusammen gingen wir es an und begannen, die süßen Tops zusammenzulegen, aber ich verwendete eine andere Falttechnik, um den schulterfreien Look besser zur Geltung zu bringen. Er versuchte, es mir nachzumachen, aber übersah einen Schritt und ich gab ihm einen Stups mit meiner Hüfte, während ich lachte. „Und ich hatte schon gedacht, du hast den Dreh mit dem Falten raus.“

„Du hast die Regeln geändert. Ich fühle mich hintergangen.“ Er grinste zu mir hinunter und hielt dann eines dieser Oberteile vor seine Brust. „Das würde fantastisch an dir aussehen.“

„Es hat mir so sehr gefallen, als ich es bei der Fashion Show ausgesucht habe“, meinte ich und war erstaunt, dass er mein liebstes Top ausgesucht hatte. Ich hielt es mir an und zupfte an dem einen Ärmel, sodass er die Schulter unbedeckt ließ, während ich den anderen Ärmel nach oben zog, damit er perfekt an dem weichen Übergang von Hals und Schulter lag. Ich drehte mich um, um einen Blick in den Dreifachspiegel zu werfen. Ich öffnete meinen Mund, um ihm zu sagen, dass es doch nicht so ganz zu meinem Style passte, aber hielt inne, als ich den intensiven, durchdringenden Blick in seinen Augen sah.

Ich drehte mich zu ihm um; meine Lippen standen vor Schock über das plötzliche Feuer in seinem Ausdruck offen. Ich kannte diesen Blick, dieses pure, reine Verlangen. Ich fühlte es auch.

Auf einmal kam er zu mir. Er streichelte mit seinen Fingerknöcheln über meine Wange, fuhr dann mit seinen Fingern durch meine Haare über meinem Ohr und hielt mich sanft fest. Er beugte sich nach vorn und hielt inne, als sein Mund nur wenige Zentimeter entfernt war und seine Augen meine suchten. Mein Bauch machte einen Purzelbaum, während ich wartete. Schließlich berührte er meine Lippen mit seinen. Mein Herz überschlug sich in meiner Brust bei dem Gefühl seiner Lippen an meinen. Irgendwo in meinem Kopf ging eine Sirene los und jede Zelle meines Hirns rief *Warnung, Warnung, Warnung.*

Er hatte mich gestern Abend nicht geküsst, aber nun machte er alles wieder wett – und ich konnte nicht anders, als zu denken, dass es das Warten wert gewesen war. Seine Lippen spielten mit meinen einmal, zweimal, dreimal und ließen ein Feuerwerk in meinem Bauch hochgehen.

Seine Finger fuhren durch meine Haare, woraufhin mir ein angenehmer Schauer den Rücken hinunterlief, bevor er seine Hände auf meine Schultern legte, die an meinem Rücken nach unten glitten, um mich näher zu sich zu ziehen. Seine Lippen bewegten sich an meinen, beanspruchten sie immer ein klein wenig mehr und es raubte mir den Atem.

Ich war noch nie so geküsst worden, so gänzlich und wirkungsvoll. Meine Beine schienen immer flüssiger zu werden, meine Knie wackelten, als die Sekunden vergingen. Ich legte meine Arme um seine Schultern, nur, um mich davor zu retten, zu seinen Füßen zu sinken. Sein Duft füllte meine Lungen, während unsere Münder sich erkundeten. Er schmeckte nach herbem Kaffee und feurigem Zimt, Geschmäcker, die meine Sinne verwöhnten. Das Gefühl seiner Lippen, die mit meinen in jedem innigen und erforschenden Kuss verschmolzen, sprengten jede letzte Verteidigung, die ich hatte.

Ich wollte nicht wieder verletzt werden.

Aber wie konnte er mich nur so küssen und verletzen? Das schien nicht möglich. Der Kuss war das Warten wertgewesen, aber ... Grundgütiger, ich steckte in Schwierigkeiten. Das wusste ich. Das war Kuss Nummer eins und ich war bereits dabei, mich zu verlieben, *Hals über Kopf*.

Das Geräusch der Türklingel ließ mich aus seinen Armen springen und ich schüttelte rasch meinen Kopf, um ihn klar zu bekommen, während ich meine Haare richtete. Mein Blick schnellte zur Eingangstür, als eine Kundin über die Türschwelle trat.

„Wie kann ich Ihnen helfen?", fragte ich, atmete tief durch und ging von Nick weg, was mir jedes Fünkchen Kraft abverlangte, das ich hatte. Wow.

KAPITEL SIEBEN

Am nächsten Morgen kam ich in aller Frühe frisch und munter am Totally Fit an, um mein Workout zu erledigen, bevor ich mich auf den Weg zu *Fashionably Late* machte. Ich war bei Courtneys Kaffeewagen vorbeigegangen, um mir mein Heißgetränk meiner Wahl zu holen und sie hatte mir bestätigt, dass Nick noch nicht für seinen Espresso vorbeigekommen war. Bingo. Ein wunderbarer Vorwand, um ihm hallo zu sagen und ihn wissen zu lassen, was ich letzte Nacht beschlossen hatte: Ich war bereit, die Cross-Promotion mit seinem Unternehmen einzugehen.

Ich meine, es machte aus geschäftlicher Sicht Sinn und ich sollte keine gute Gelegenheit ablehnen, nur, weil ich ein fantastisches Date mit Nick und ein paar sehr unvergessliche Küsse mit ihm geteilt hatte. Ich war eine professionelle Frau, die Berufliches von Privatem trennen konnte. Und was, wenn die Dinge zwischen uns nicht hinhauten? *Va bene*. Zumindest war das das, was ich mir einredete.

Während ich Nicks Espressobecher in einer Hand hielt,

grüßte ich den Rezeptionisten, als ich den Eingangsbereich von Totally Fit betrat und meine Mitgliedskarte vor den Scanner hielt. Der kräftige Geruch von Reinigungsmitteln stieg mir in die Nase, während ich den Gang in Richtung von Nicks Büro hinunterging und dann an der Tür klopfte.

„Herein", rief er.

Ich öffnete die Tür und sah, dass er hinter seinem Schreibtisch saß. Er hob seinen Kopf und sein Blick traf meinen. Ein freundliches Lächeln erhellte sein hübsches Gesicht, als ich auf seinen Tisch zu kam und er dann aufstand. „Missy? Was machst du denn hier?"

„Mein morgendliches Workout erledigen. Außerdem habe ich dir einen Espresso mitgebracht. Genau so wie Courtney meinte, dass du ihn magst." Ich hielt ihm seinen Becher entgegen und er nahm ihn; seine Fingerspitzen berührten meine ganz leicht. Ein elektrisches Kribbeln schoss meinen Arm hinauf und mein Puls schnellte in die Höhe.

Er sah auf unsere Hände und ich fragte mich, ob er diese Verbindung auch gefühlt hatte. Dann hob er seinen Kopf wieder. „Was für eine aufmerksame Überraschung. Dankeschön."

„Gern geschehen", sagte ich und war mir sicherer denn je, dass es die richtige Entscheidung war, mit Nick zu arbeiten. Nun musste ich es ihm nur noch erzählen.

„Möchtest du dich setzen?" Er deutete auf den Ledersessel vor seinem Schreibtisch.

„Klar, danke." Ich setzte mich hin und hielt meinen Kaffeebecher in meiner auf einmal zitternden Hand. Ich war mehr als ein bisschen aufgeregt bei dem Gedanken,

Nick aufgrund unseres Geschäftsunterfangens bald öfter zu sehen. Nun musste ich es ihm nur noch erzählen. Ich begann, meinen Mund zu öffnen –

„Ich bin froh, dass du hier bist. Ich habe an dich gedacht."

Mein Bauch machte einen kleinen Purzelbaum. „Wirklich?"

Er nickte. „Ich würde gerne die Geschichte hinter *Fashionably Late* hören."

Oh, eine Arbeitsfrage. Naja, war zu erwarten. „Hmm ... das ist eher eine Offenbarung fürs dritte Date."

Ein Grinsen machte sich auf seinem schönen Gesicht breit. „Ist das deine clevere Art, mir zu sagen, dass ich noch einmal mit dir ausgehen sollte?" Er setzte sich wieder hinter seinen Schreibtisch, nahm sich einen Stapel Blätter, entfernte die Büroklammern und legte die Unterlagen in einen Karton neben dem Aktenvernichter.

„Ich schätze, ich war nicht gerade unauffällig, hm?" Ich nahm mir einen Teil der Blätter und begann, die Büroklammern zu entfernen und sie zu dem Haufen zu legen, den er bereits gebildet hatte, während ich die Dokumente zur Seite legte, damit sie vernichtet werden konnten. „Warum seid ihr noch nicht digitalisiert?"

„Ganz schön altmodisch, oder?" Er kicherte; sein Blick traf meinen. „Wir haben gerade erst umgestellt. Deshalb bereite ich die hier alles vor, damit ich die Akten durch den Reißwolf jagen kann."

„Oh." Ich holte Luft und bereitete mich darauf vor, ihm den wahren Grund zu sagen, weshalb ich gekommen war.

„Ich habe etwas für dich", sprach er.

„Etwas für mich?" Was meinte er? Ich legte eine Büroklammer auf den Haufen und sah zu, wie er eine kleine Schüssel nahm und all die Klammern hineinschob. „Ist es eine Schüssel mit Büroklammern?", fragte ich.

Er lachte. „Nein, es ist ein Geschenk." Er stand auf und ging zur Wand, während ich damit weitermachte, die Büroklammern von den Papierstapeln zu trennen. Er hob ein riesiges rechteckiges Schild hoch und drehte es um. „Für *Fashionably Late*", meinte er.

Ich schnappte nach Luft; die Dokumente rutschten mir aus der Hand. Die Worte *Fashionably Late* waren hübsch auf das lange, weiße Schild geschrieben und die Farben der Buchstaben waren in Pink-, Blasslila-, super zarten Amethyst- und Fliedertönen im Aquarelldesign darauf gedruckt. Es war wirklich schön. „Das hast du für mich machen lassen?"

„Ja, habe ich." Kleine Fältchen bildeten sich außen an seinen warmen Augen und ich stellte meinen Kaffee auf seinen Schreibtisch, stand auf und warf meine Arme um seinen Hals. „Ich dachte, es würde gut über deine Eingangstür passen."

„Ich liebe es. Ich habe schon die ganze Zeit versucht, etwas zu finden, was ich dort hinhängen kann." Es stimmte, dass ich Schwierigkeiten damit gehabt hatte, den leeren Platz zu füllen. Ich ließ ihn los und blickte hinunter auf das Schild. Es war perfekt. Berührt von seiner völlig unerwarteten Geste zwinkerte ich, um meine Tränen zurückzuhalten. Ich hatte solch ein aufmerksames Geschenk von ihm niemals erwartet und mein Herz schmerzte unter dem Druck der Emotion. „Das ist das Süßeste, was jemals jemand für mich getan hat."

Er warf mir einen schrägen Blick zu. „Naja, das würde ich nicht sagen."

„Ich schon. Du bist wirklich süß", sagte ich und dachte, dass, in all der Zeit, in der ich Kyle gedated hatte, er sich nicht einmal etwas Einzigartiges hatte einfallen lassen, das er mir schenken konnte. Nicht einmal zu wichtigen Anlässen, wie Geburtstagen und Feiertagen. Er hatte sich für teure, funkelnde Geschenke entschieden, die mir gefallen hatten – aber das hier war so *persönlich* und perfekt. Ich brauchte es, aber ich hatte nicht einmal gewusst, dass ich es brauchte.

Er nickte in die Richtung des Schilds. „Ich habe mich nur schwer zwischen dem und einem Kunstwerk entscheiden können."

„Ich liebe moderne, gewagte Kunst, aber ich denke, das gefällt mir viel mehr." Ich sah noch einmal zu dem Schild und staunte darüber, dass er gemeint hatte, dass ihm die Entscheidung schwergefallen war. „Du bist der Wahnsinn, weißt du das?", fragte ich ihn. Das meinte ich auch so. Er redete gerade nicht über das Geschäftliche und fragte mich auch nicht, ob ich für ihn modeln würde. „Du musst mir keinen Honig ums Maul schmieren", neckte ich ihn.

In seinen Augen spiegelte sich sein Humor wider. „Nicht mal im Traum. Ich mag Honig nicht einmal."

Ich musste kichern. „Danke dafür. Es gefällt mir wirklich sehr."

„Gern geschehen." Er setzte sich wieder hinter seinen Schreibtisch, nahm sich einen Stapel Dokumente und legte sie in die Kiste beim Aktenvernichter.

„Ich kann es kaum erwarten, es aufzuhängen und das

Schild in seinem neuen Zuhause zu sehen." Ich setzte mich auf den bequemen Ledersessel, aber nahm meinen Blick nicht von dem atemberaubenden Schild. Dann fiel mir wieder ein, was ich mir heute vorgenommen hatte. Ich sah ihn an. „Ich bin aufgeregt."

„Wenn du möchtest, könnte ich dir helfen, es aufzuhängen", sagte er.

„Das möchte ich", sagte ich, als die Vorstellung von ihm auf einer Leiter, wie er das Schild perfekt über der Tür aufhing, mir in den Kopf kam. Ich seufzte und liebte es, dass er das Angebot nicht so hatte klingen lassen, als ob ich seine Hilfe brauchte. Er bot mir seine Hilfe nur an, was die Geste noch süßer machte ... aber ich ließ mich schon wieder ablenken, was in Nicks Gegenwart irgendwie zur Gewohnheit wurde. Ich hob eine herrenlose Büroklammer auf und legte sie in die Schüssel. „Wo wir gerade von zwei weiteren Dates sprechen ..."

Seine Mundwinkel zogen sich nach oben. „Haben wir das?"

„Das haben wir." Ich fuhr mit meinem Daumen über das Logo auf dem Kaffeebecher und versuchte, meine zitternden Hände zu beruhigen. Ich nahm einen weiteren Schluck und stellte ihn dann hin. „Weißt du, ich war immer dagegen, mit Kollegen auszugehen."

„Das verstehe ich nicht." Er verschränkte die Arme, lehnte sich auf seinem Stuhl zurück und zwischen seinen Augenbrauen bildete sich eine Falte, während er mich genaustens ansah. „Du und ich, wir sind keine Kollegen."

„Bist du dir da sicher?" Meine sanfte, neckende Stimmlage ließ die Worte weicher klingen. Meine Finger spielten mit dem Stapel Papier und zogen eine Büroklammer heraus. Er stellte den Karton auf den Schreibtisch und ich legte die Dokumente, die vernichtet werden sollten, hinein. Die Büroklammer klapperte in der kleinen Schüssel. „Wir arbeiten gut zusammen", sagte ich und nickte in die Richtung des nur noch halb so großen Stapels.

Seine Augenbrauen schossen nach oben, als er es zu begreifen schien. „Du möchtest die Cross-Promotion mit mir eingehen?" Er stand auf und sah mich an, als ob er es nicht ganz glauben konnte.

Ich stand ebenfalls auf und nickte. „Ja, möchte ich wirklich."

„Ausgezeichnet." Er lief um den Schreibtisch herum, hob mich hoch und drehte sich mit mir im Kreis.

Ich kicherte und blickte hinauf in seine warmen Augen. „Ich bin auch aufgeregt."

Als er zurückwich, wanderte sein Blick hinunter zu meinem Mund. Ich leckte über meine Unterlippe, wünschte mir, dass er mich küssen würde und fragte mich, ob ich ihn küssen sollte. Entscheidungen, Entscheidungen. Und dann stellte ich mich auf meine Zehenspitzen, bevor sich unsere Lippen in einem sanften Kuss berührten, der süß und perfekt war.

„Tut mir leid", sagte er und wich zurück, als er mich runterließ und mir seinen Rücken zuwandte.

„Was ist denn los?" Ich ging näher auf ihn zu und berührte seine Schulter. „Nick?"

Er drehte sich wieder zu mir um. „Nichts."

„Wofür hast du dich entschuldigt?", fragte ich und legte meinen Kopf verwirrt zur Seite. „Freust du dich nicht, dass wir zusammenarbeiten werden?"

„Doch", sagte er, aber sein Lächeln war irgendwie nicht ganz ehrlich. Ich öffnete meinen Mund, um etwas zu sagen, als das Telefon auf seinem Tisch klingelte. Er sah zum Telefon. „Ich sollte abnehmen."

„Okay", sagte ich und war von der Art, wie er sich verhielt, verwirrt. Wie auch immer. Ich musste nicht bleiben und mich so kalt behandeln lassen, besonders, wenn ich endlich zugestimmt hatte, mit ihm zu arbeiten, nachdem er nicht lockergelassen hatte. Ich nahm mir meinen Kaffee, während er höflich wie immer den Hörer abnahm. Hatte etwas nicht damit gestimmt, dass ich ihn geküsst hatte? War er eigentlich nur süß zu mir, um mich dazu zu kriegen, mit ihm zu arbeiten? Und nun, da ich zugestimmt hatte, würden wir nur Geschäftspartner sein? Wenn schon, dann war das in Ordnung. Ich brauchte dieses hin und her, dieses kalt und heiß sowieso nicht. „Tschüss, Nick."

Er winkte und nickte. „Bis später."

Ich verließ das Büro, obwohl alles in mir sich umdrehen und Antworten verlangen wollte. Ich wollte wissen, was ich falsch gemacht hatte. Nein, ich *musste* es wissen. Ich zögerte, als ich vor der Tür stand und drehte mich um, damit ich wieder hineingehen konnte, als ich zufällig seine Worte hörte und mir das Blut in den Adern gefror.

„Hast du heute Abend Zeit? Wir sollten ausgehen und feiern." Er starrte das Telefon an und schien nicht einmal zu bemerken, dass ich noch in der Tür stand.

Er hatte doch mit einem Kumpel geredet, oder? Einem guten Freund. Nicht mit einer Frau. So ein Typ war Nick nicht. Immerhin hatte er gesagt, dass echte Männer nicht fremdgingen.

Am anderen Ende der Leitung hörte ich klar und deutlich die Stimme einer Frau. „Das klingt wundervoll, Nick."

Alle Nerven in meinem Körper lagen blank. Ich wusste nicht, was los war, aber das Einzige, was ich wusste, war, dass ich nicht bleiben würde, um es herauszufinden.

KAPITEL ACHT

Montagnachmittag stand ich vor einem Gebäude, das nur aus Fenstern zu bestehen schien und wartete auf Nick. Er hatte mich gebeten, mich mit ihm bei dieser Adresse zu treffen, die ich nicht kannte, aber ich schätzte, Geschäftliches war eben Geschäftliches und ich hatte mir vorgenommen, professionell zu bleiben. Ich wollte nicht über das reden, was passiert war, als wir uns das letzte Mal gesehen hatten oder auf welch seltsame Weise die Dinge zwischen uns in seinem Büro geendet hatten.

Was spielte es überhaupt für eine Rolle? Ich hatte Spaß gehabt, privat mit ihm Zeit zu verbringen, aber ich wollte keine Beziehung, also war es besser, wenn dieses Kapitel zwischen uns vorbei war. Ich versuchte, so zu tun, als ob es mir egal war, selbst, als mein Magen sich zusammenzog, als ich Nick mit einer Tüte in der Hand den Bürgersteig hinaufspazieren sah.

„Freut mich, dass wir uns hier treffen konnten." Er kam auf mich zu und gab mir einen Kuss auf beide Wangen, bevor er seine Hände auf meine Schultern legte und mich begutachtete. „Du siehst hübsch aus."

„Danke", sagte ich, strich mit meiner Hand über meine Seidenbluse und entschied mich, das Kompliment einfach als eine höfliche Geste aufzufassen. Ich lächelte zu ihm hinauf. „Du siehst auch toll aus."

„Dankeschön." Er neigte seinen Kopf und hielt dann mit seiner Hand auf dem Türknauf inne. „Bist du bereit?"

„Ich habe keine Ahnung, was wir machen, aber wir sind hier, also ... ja?"

Er kicherte. „Ich schätze, es gibt keinen Grund mehr, ein Geheimnis daraus zu machen. Wir sind für eine private Kunstausstellung hier. Du hattest deine Liebe für gewagte, moderne Kunst erwähnt."

„Stimmt", meinte ich und neigte meinen Kopf zur Seite. Ein Teil von mir war berührt, dass er mir zugehört und sich meine Vorlieben gemerkt hatte, aber was hatte das mit der Cross-Promotion unserer Unternehmen zu tun?

„Komm, wir gehen rein", sagte er.

„Alles klar", entgegnete ich, perplexer als je zuvor. Für einen Mann, der normalerweise ziemlich direkt war, hatte ich keine Ahnung, woran ich bei ihm war. Ich redete mir ein, dass es egal war.

Wir traten ein und wurden von einer grinsenden, extravaganten Frau mit kurzen, leuchtend blauen Haaren und blauen Augen, die sie mit kräftigen, geschwungenen Eyelinerstrichen betont hatte, begrüßt. Sie faltete ihre Hände und nahm sie dann wieder seitlich nach unten. Ihr bauchfreies Oberteil brachte ihr glänzendes Bauchnabelpiercing zum Vorschein. „Ihr müsst Nick und Missy sein."

„Schönes Piercing", sagte ich, weil es stimmte. Ich hatte

mein Bauchnabelpiercing zuwachsen lassen, aber ihres, das so schön funkelte, ließ mich noch einmal darüber nachdenken. Schmuck war definitiv ein Teil von Mode.

„Dankeschön." Ihre helle Stimme brachte mich zum Lächeln.

„Wir wurden erwartet?", fragte ich.

Sie spähte hinüber zu Nick, bevor ihr Grinsen noch breiter wurde. „Natürlich. Nick hat uns um den Gefallen gebeten –"

„Das ist ein Geheimnis", sagte er, hielt beide Hände nach oben und winkte vor ihr. Dann zwinkerte er ihr zu und sie musste lachen.

„Warum seht ihr euch nicht erst einmal um? Dann kommen wir zum anderen Teil." Sie streckte mir ihre Hand entgegen. „Ich bin übrigens Kara."

„Freut mich, dich kennenzulernen." Ich schüttelte ihre Hand und begann dann, durch den riesigen Raum zu schlendern, der eine Kunstausstellung zu sein schien, auch, wenn ich keinen Namen an der Tür bemerkt hatte. Die Kunststücke, die strategisch platziert an den Wänden hingen, erstrahlten in kräftigen, leuchtenden Farben und Formen mit einem modernen Touch, was sowohl erfrischend, als auch aufregend war. „Hier ist es ziemlich schick", sagte ich.

Er blickte zu mir hinunter und lächelte. „Schön, dass es dir gefällt. Das ist Karas Atelier und sie arbeitet nur nach Vereinbarung ... oder zumindest wurde mir das so gesagt."

Wir blieben vor einem Gemälde stehen, das mir geradewegs den Atem aus den Lungen raubte. Ich ging näher darauf zu und saugte jedes Detail der Baumreihe in der Landschaft auf, die mit dicken, kräftigen Pinselstrichen in bunten Farben gemalt worden war. Wenn ich meine Augen ein klitzekleines bisschen den Fokus verlieren ließ, erinnerte es mich an die Landschaften in Mailand. Vögel waren mit dicken, schwarzen Pinselstrichen gezeichnet und der Himmel wurde durch verschiedenste Farben aus Flieder, Sonnenuntergangspink, blassem Beige, Lila und Grau lebendig.

„Ich liebe dieses hier", sagte ich und gestikulierte in die Richtung des Gemäldes.

„Ich auch", stimmte er zu und dann legte er seine Hand in meine. Was zum ...?

Ich sah nach unten auf unsere vereinten Hände und fragte mich, was diese gemischten Signale zu bedeuten hatten, die ich von ihm bekam. Ich wusste, dass ich meine Hand hätte wegziehen sollen, damit die Dinge zwischen uns eindeutig und professionell blieben, aber die Wahrheit war, dass ich das Gefühl seiner Hand um meiner nicht gerade hasste.

„Was hältst du von dem hier?", fragte er.

„Wow." Ich sah zu dem Bild und wollte es berühren, aber ich wusste es besser, als die Feuchtigkeit meiner Fingerspitzen an die Leinwand zu schmieren. Stattdessen sah ich mir das Gemälde genaustens an. Es spiegelte die Straßen von Mailand wider, als ob sie von jemandem gezeichnet worden waren, der auf eine bunte Spiegelung der Straßen durch Pfützen nach einem kräftigen Regenschauer sah. In lebhaftem Kobaltblau, Sonnenblumengelb und Kürbisorange waren im Welleneffekt zwei Leute unter einem Regenschirm, die sich vom Betrachter entfernten, gemalt. „Das sieht aus wie Mailand."

„Finde ich auch."

„Die sind wirklich schön." Ich hauchte die Worte und riss meine Aufmerksamkeit lange genug von den Gemälden los, um zu ihm hinüber zu spähen.

„Nick?", fragte Kara, die neben uns auftauchte. Wir drehten uns beide zu ihr, als sie sagte: „Es ist alles bereit."

„Was führst du im Schilde?", fragte ich.

Seine Lippen zuckten. „Das ist ein Geheimnis."

„Du bist durch und durch mysteriös", meinte ich und mochte diesen Teil seiner Persönlichkeit irgendwie, aber liebte ihn auf andere Weise eben auch nicht.

„Würdest du gerne wissen, was die Überraschung ist?", fragte er.

„Ja", antwortete ich ohne zu zögern.

Kara nickte. „Okay gut, dann kommt hier entlang."

Mit diesen Worten führte sie uns in die Mitte des Raumes. Ich hatte den Tisch dort nicht einmal bemerkt – oder den Wein, die hölzerne Käseplatte, die Cracker und die Weintrauben, oder die einzelne Kerze mit ihrer sanften Flamme. „Bitte setzt euch und macht es euch gemütlich. Ich bin gleich wieder da."

Sie drehte sich um und huschte davon, während Nick mir einen Stuhl anbot.

„Vielen Dank, Sir", sagte ich.

„Gern geschehen." Er nickte und setzte sich dann neben mich an den Tisch. „Wein?"

„Ja, bitte." Das alles hier war so seltsam aufgebaut und ich brauchte Antworten. „Warum sind wir hier die Einzigen? Die meisten Ausstellungen sind für größeres Publikum geöffnet."

„Ich hatte noch etwas gut und habe um eine private Führung gebeten."

Ich nickte. Das hatte er bereits gesagt. „Aber warum?"

„Damit ich dich ganz für mich alleine haben kann", sagte er und grinste mich charmant an, während er den Weinkorken aus der Flasche zog.

Ich schüttelte den Kopf. „Was lässt dich denken, dass ich Überraschungen mag?"

„Magst du sie?"

„Manchmal", gab ich zu.

„Das habe ich mir gedacht." Er goss den Wein in zwei Weingläser ohne Stil und bot mir eines an. „Okay, na gut. Wir sind hier für eine private Führung, aber nur umherzuschlendern und die Kunst anzusehen ... naja, das reicht dir nicht. Deshalb habe ich die Erlaubnis für uns, tatsächlich selbst ein wenig praktisch Hand anlegen zu dürfen."

„Praktisch Hand anlegen ...?" Sicherlich meinte er nicht, dass wir ...

„Malen. Du hattest recht, das Gemälde hat Mailand dargestellt. Der Großteil der Bilder zeigt Italien, denn der Künstler kommt aus Italien." Er nahm einen Schluck Wein und wartete auf meine Reaktion. „Also gibt uns der Künstler die Chance, unsere eigenen gewagten Gemälde zu malen. Dann können wir sie mit nach Hause nehmen."

„Wow", sagte ich und war von dem Plan beeindruckt, den er sich hatte einfallen lassen. Extrapunkte für Kreativität. Mir gefiel die Idee wirklich gut, allerdings hatte ich ein paar Bedenken. „Ich weiß nicht, wie man zeichnet oder malt, Nick."

Er beugte sich zu mir. „Ich auch nicht. Das macht es doch gerade lustig."

„Wird es lustig sein, wenn ich ein Strichmännchen

male?" Ich trank einen Schluck Wein und sah, wie sich einer seiner Mundwinkel nach oben zog.

„Eine Frau, die, wie du, die Welt bereist hat, genießt ein kleines Abenteuer. Liege ich da falsch?"

„Nicht ganz." Ich lächelte, begann, mich zu entspannen und es zu genießen, mit Nick hier zu sein. „Aber was, wenn du der nächste Michelangelo bist und meine Kunst aussieht, als wäre es mit Fingerfarben von einem Baby gemalt worden?"

„Dann tauschen wir einfach, wenn Kara wieder zurückkommt und ich sage, dass du eine fantastische Künstlerin bist und du dich an der Bildhauerei versuchen solltest. Wir werden um die Welt reisen, überall deine Kunst vorstellen und dadurch reich und berühmt werden. Ich werde dein Manager sein. Einverstanden?", fragte er, während er grinsen musste.

„Einverstanden." Ich lachte laut, während Kara von irgendwoher auf unseren Tisch zu kam.

„Hier sind die Farben, Schürzen und andere Dinge, die ihr brauchen werdet." Sie lächelte uns an, während sie alles auf den Tisch stellte. „Wenn ihr irgendwelche Fragen habt, lasst es mich wissen. Ich bin zwar keine weltbekannte Künstlerin, aber ich mische genug mit, um mich ganz gut mit Malerei auszukennen."

„Dankeschön, Kara." Nick legte mir eine Leinwand hin und nahm sich selbst eine, bevor er eine Box mit etwas, das wie Farben aussah, herausholte.

„Paolo, der Künstler, hat sich entschuldigt, dass er nicht hier sein konnte, weil ihm etwas Persönliches dazwischengekommen ist, aber er würde später gerne mit euch reden."

Sie faltete ihre Hände. „Ruft einfach, wenn ihr mich braucht.“

Ich schaute ihr hinterher, als sie verschwand und sah dann zu Nick. Er nahm eine der Schürzen und reichte sie mir, bevor er sich die andere nahm und sie über seinen schicken Anzug schnürte.

„Das ist High Fashion“, sagte ich und hielt die saubere, weiße Schürze nach oben.

„Sehe ich nicht fabelhaft aus?“ Er posierte für mich und ich lachte.

„Ja, ja das tust du.“ Ich richtete meine Schürze; war dankbar dafür, dass ich heute Abend weder meine Bluse, noch meine Hose ruinieren würde.

„Nun zu den Grundlagen.“ Er sah sich ein paar Pinsel an und legte sie dann einfach zwischen uns auf den Tisch. „Hier hätten wir die Farbe, die Pinsel und du hast deine Leinwand. Was möchtest du malen?"

Ich nahm mir einen fluffigen Pinsel, der mich an etwas erinnerte, womit ich mir Rouge für meine Wangen auftragen würde. „Mich hat noch nichts inspiriert ... dich?“

„Ach, zeichne doch nicht mich“, kicherte er und hielt seine Hände nach oben.

Clever. „Nein, ich habe nicht gemeint, dass ich *dich* zeichnen würde. Ich meinte ... was willst du denn zeichnen?“ Ich stieß ihn leicht mit meiner Schulter an, bevor er sich eine Tube mit blauer Farbe nahm.

„Die Straße einer Stadt, die sich in einem Regentropfen spiegelt.“

„Sehr ambitioniert.“ Ich hob meine Augenbrauen, während ich eine der weißen Mischpaletten nahm und mir ein paar Farben aussuchte, die Sonnenuntergangs-Orange,

Havanna-Rot und Pflaumen-Lila hießen. „Ich dachte, du hast noch nie zuvor gemalt?"

„Nicht, seitdem ich ein Kind war ... und Fingerfarben zähle ich nicht dazu." Er nahm einen Schluck Wein und stellte das Glas wieder ab, um ein wenig blau, zusammen mit schwarz und weiß auf seine Palette zu geben.

„Da wären wir schon zwei. Ich habe Fingerfarben nie gemocht. Konnte es nicht leiden, mich schmutzig zu machen." Ich lächelte ihn an und gab die Farben, die ich gewählt hatte, auf meine Palette.

Er nickte und wählte seinen Pinsel mit der Präzision eines Chirurgen.

„Warum ist es letztens in deinem Büro zum Schluss zwischen uns so komisch geworden?", platzte es aus mir heraus und ich spähte zu ihm hinauf, während ich meinen Pinsel in die Sonnenuntergangs-Farbe tunkte.

Er spannte sich ein wenig an, atmete tief durch und entspannte sich dann wieder, bevor er mich peinlich berührt ansah. „Das tut mir leid, Missy. Ich bin nur ... überwältigt von den Gefühlen, die ich für dich habe."

Mein Bauch schlug einen riesigen Purzelbaum. „Wirklich?"

„Eindeutig."

„Oh", sagte ich ziemlich lahm. Ich hatte nicht erwartet, dass er das von sich geben würde. Ich schluckte schwer und sammelte meine Gedanken für meinen nächsten Satz, aber ich konnte das Lächeln auf meinen Lippen nicht unterdrücken. Er hatte Gefühle für mich. Gefühle, die ihn überwältigten. Ich hob meine Wimpern und zwinkerte ihn an. „Das klingt nicht wie etwas Schlechtes."

„Nein, das ist auch nichts Schlechtes. Überraschend? Ja. Schlecht? Nein."

„Nun, da hast du's." Ich nahm einen Schluck Wein, hob meinen Pinsel auf und begann mit langen Pinselstrichen in kräftigem Orange über meine Leinwand zu malen.

Während ich malte, stapelte Nick etwas Käse auf die Cracker und legte sie, zusammen mit ein paar Weintrauben, für mich auf ein Holzbrett. „Für dich", meinte er.

„Oh, danke", sagte ich, nahm mir einen Cracker und schob ihn mir in den Mund. Der Käse zerging augenblicklich auf meiner Zunge und ich biss auf den Keks. „So gut."

„Ich dachte, du hättest mich aus geschäftlichen Gründen hierhergebracht", meinte ich und beobachtete das Flackern des Kerzenlichts, bevor ich mich ihm zuwandte. „Ist das ein Date, Nick?"

Er trank etwas Wein und sah mit einer erhobenen Augenbraue über den Rand des Glases zu mir. „Fühlt es sich wie ein Date an?"

„Naja, mal sehen. Du hast mich als Überraschung hierher eingeladen. Du hast eine Kerze angezündet, es gibt Wein, etwas zu essen, wir beschäftigen uns ... Ja, ich muss feststellen, dass es wie ein Date wirkt."

Etwas Unartiges funkelte in seinen Augen, als er die Leinwand vor sich begutachtete. Er hatte noch nicht einmal Farbe auf die Oberfläche aufgetragen. „Hm. Naja, jetzt, wo du es so sagst ...“

„Das ist wirklich fantastisch." Ich bekam es gar nicht richtig in den Kopf, wie wundervoll das alles war. Noch nie hatte jemand so etwas wie das hier für mich gemacht und ich *liebte* es.

„Nun, ich finde, *du bist* fantastisch." Der tiefe Klang seiner Stimme brachte meinen Magen zum Kribbeln.

„Danke." Ich schüttelte meinen Kopf und fragte mich, was ich nur mit ihm machen sollte. Nicht, dass ich ihm ewig böse für sein komisches Verhalten sein konnte, nachdem er mir seine Gefühle so direkt gestanden hatte. Ich steckte mir eine Weintraube in den Mund, während er anfing, ganz vorsichtig das Blau auf seine Leinwand zu tupfen. „Also, ich habe über deine *gut aussehen, gut fühlen*-Idee nachgedacht ..."

Er kicherte und schüttelte den Kopf. „Ich habe dieses Date hier organisiert und alles, woran du denkst, ist die Arbeit?"

Ich starrte ihn verblüfft an. All die Zeit, die er sich bemüht hatte, um mich dazu zu bringen, mich mit ihm über das Geschäftliche zu unterhalten und nun schimpfte er mit mir, weil ich darüber sprechen wollte? Ein Lächeln zog an seinen Mundwinkeln.

„Du neckst mich nur, oder?" Ich schüttelte meinen Kopf, trank einen Schluck Wein und konzentrierte mich wieder auf mein Gemälde, während ich diesmal etwas Havanna-Rot zu dem Sonnenuntergangs-Orange mischte. „Ich freue mich darauf, mit dir zu arbeiten, Nick. Was soll ich sagen ..."

Er legte seine Hand auf meine und ein elektrisches Kribbeln floss von seinen Fingern meinen Arm hinauf zu meinem bereits rasend pochenden Herzen. „Ich freue mich auch."

„Gut", sagte ich und mochte, dass wir die Dinge offengelegt hatten.

„Also, das mit der *gut aussehen, gut fühlen*-Idee ..." Er

erinnerte mich daran, was ich hatte sagen wollen, so als ob er wollte, dass ich weiterredete. Seine Augen klebten weiterhin auf seiner Leinwand, wo das Blau eine runde Form anzunehmen begann. Die farblichen Abstufungen von Weiß und Blau glichen einem Wassertropfen. „Sprich weiter.“

„Mir gefällt der Gedanke, irgendeine Art Stoß in beide dieser Richtungen anzubieten.“ Ich benutzte die Ecke eines Lappens, um einen Farbtropfen wegzuwischen, der aus Versehen auf mein Bild getropft war. „Du schickst die Leute zu mir, ich gebe ihnen einen Rabatt oder eine kostenlose Beratung. Ich schicke sie zu dir und –“

„Ich biete ihnen eine kostenlose Trainingsstunde mit einem Personal Trainer an.“ Er nickte und nahm mir die Worte direkt aus dem Mund, als er etwas Weiß zu seinem Tropfen gab, um eine ziemlich lebensechte Reflektion zu kreieren.

„Ganz genau. Eine Cross-Promotion für unsere Unternehmen, unsere Reichweite teilen und etwas Vorteilhaftes für unsere Kunden anbieten.“

„Win, win und win“, meinte er.

„Du hast mir auch gesagt, dass du Trainingskleidung verkaufst. Vielleicht könnte ich in meinem Laden eine kleine Abteilung für deine Modelinie einrichten und schauen, ob meine Kunden sich dafür interessieren“, sagte ich, auch, wenn sich tatsächlich Michelle diese Idee hatte einfallen lassen. „War Michelles Vorschlag, also ist ihr das zuzuschreiben.“

„Das wäre toll“, meinte er.

Wir arbeiteten an unseren Gemälden und quatschten über die Arbeit und andere Dinge, während unsere Kunstwerke Gestalt annahmen. Sein Regentropfen war hübsch geworden und die Reflektion der Gebäude kam mir bekannt vor. Ich sah über seine Schulter und sagte: „Dein Bild sieht so gut aus."

„Dankeschön." Er beugte sich nach vorn und ich versuchte, meines zu verdecken „Deins aber auch. Naja, zumindest, was ich davon sehen kann."

„Ist es nicht." Ich schnaubte. Mein Gemälde des Grand Canyons während des Sonnenuntergangs sah aus, als hätte jemand eine Menge Farbe auf eine Leinwand gespritzt und die Farben wären einfach nach unten verlaufen, während sie Striche hinterließen, die sich ganz und gar nicht vermischten. „Es ist furchtbar."

„Ich mag es", meinte er.

Ich musste laut lachen. „Das kannst du nicht ernsthaft ..."

„Ich würde dich nicht anlügen, Missy", sprach er und löste ein warmes Gefühl in mir aus, das sich in meinem Oberkörper ausbreitete. „Und ... es gibt noch eine Sache, die ich dir heute Abend geben möchte."

Ich biss mir auf die Unterlippe. „Du verwöhnst mich noch."

Er nickte. „Das war der Plan. Ich möchte dich verwöhnen."

Ich hatte nur gescherzt, aber er wirkte ernst und mein Herz hüpfte in meiner Brust. „Okay."

Er hob eine Geschenktüte auf, die er, wie ich mich erinnerte, getragen hatte, als wir uns vor dem Gebäude getroffen hatten. Er stellte sie vor mich und schob sie in meine Richtung. Darin lag ein hübsches Set aus einer weichen Leggings und einem Workout-Tank Top. „Mit dem Totally Fit-Design und Logo.“

„Die sind hübsch“, sagte ich, während mein Herz ein wenig schwer wurde, da wir wieder auf ein Arbeitsthema zurückgekommen waren. Ich wusste, dass es nicht fair war, diese Art von Misstrauen zu haben, aber einmal verletzt worden zu sein, machte mich vorsichtig. Nach diesem perfekten Date realisierte ich, dass ich mehr von ihm wollte. Wir hatten sofort eine Verbindung gehabt, die ich zu ignorieren versucht hatte, aber ich wollte meine Gefühle einfach nicht länger verleugnen. „Danke“, sagte ich.

Er drückte meine Hände. „Sie sind ein *Geschenk*. Du solltest lächeln.“

Mein schweres Herz wurde ein wenig leichter.

„Nur etwas Bequemes, das du tragen kannst, während du trainierst, okay?“

Ich nickte. Vielleicht hatte er keine schlechten Hintergedanken. Vielleicht war ich auch nur völlig paranoid, was ihm gegenüber total unfair wirkte.

Er grinste mich charmant an und etwas in mir schmolz. „Vertrau mir, es wird gemütlicher sein als das, was du normalerweise im Fitnessstudio anhast.“

Ich stand auf. „Danke für den heutigen Abend. Ich hatte eine schöne Zeit.“

„Es war mir ein Vergnügen, *bella*“, flüsterte er, bevor er mir einen sanften Kuss auf meine Lippen hauchte, was mein Herz in meiner Brust wie wild schlagen ließ.

Mit meinem Gemälde in der Hand lächelte ich zu ihm hinauf und dachte darüber nach, wie sich alles so natürlich mit ihm anfühlte – fast so, als wären wir füreinander geschaffen worden. Ich hatte solch eine Verbindung noch nie zuvor gespürt und es wurde definitiv Zeit, aufzuhören, sich dagegen zu wehren. Also küsste ich ihn erneut, nur, um mir selbst zu beweisen, dass ich mich dazu entschieden hatte, schauen zu wollen, wohin die Dinge mit Nick vielleicht führen würden.

KAPITEL NEUN

Ich war mir ziemlich sicher, dass ich jeden Moment auf dem Bürgersteig umkippen würde. Warum hatte ich mich von Michelle dazu überreden lassen, am Morgen mit ihr joggen zu gehen? Ich meine, die Sonne war noch nicht einmal richtig aufgegangen. Der Himmel sah vielleicht hübsch aus, durchzogen mit Streifen aus Pink und Orange, aber alles, worauf ich mich fokussieren konnte, war, diesen Morgenlauf zu überstehen, ohne auf dem Boden zusammenzubrechen. Offensichtlich war meine Pause von ernsthaftem Cardio-Training zu lange gewesen. Warum, oh *warum* hatte ich das getan?

„Warte mal", sagte ich, blieb dann stehen und beugte mich nach unten, um so zu tun, als ob ich nach meinen Schnürsenkeln sehen würde. Sie waren noch immer gebunden, aber ich brauchte eine Ausrede, um kurz durchzuatmen. Ich stützte mich mit meinen Händen über meinen Knien ab und sog die Luft ein, die nach feuchtem Gehweg roch. Die Rasensprenger in East Sacramento, wo wir nun gelandet waren, waren erst vor kurzem ausgegangen und der Boden war noch nass. In der Luft lag noch immer diese leichte, frische Feuchtigkeit, die meine Haut abkühlte. „Eine Sekunde. Bitte. Ich flehe dich an."

„Alles okay bei dir?" Michelle joggte vor mir auf der Stelle. Woher bekam sie so früh am Morgen, wohlbemerkt vor ihrem Kaffee, diese Energie? Es war kriminell und wenn ich mehr Energie gehabt hätte, hätte ich sie selbst zivil verhaftet. „Wir können nach Hause joggen, wenn du willst ... obwohl wir, wie du weißt, erst zwei Meilen hinter uns haben."

„Alles gut." Auf keinen Fall würde ich jetzt aufgeben. Ich konnte ihre übliche Joggingstrecke schaffen. Ich atmete tief durch und nickte. „Zu viel Krafttraining im Fitnessstudio. Ich habe das Ausdauertraining vernachlässigt."

„Wie oft bist du in den letzten zwei Wochen gegangen?", fragte sie.

„Ich hatte viel auf der Arbeit zu tun."

„Wie gesagt, wir können zurücklaufen", meinte Michelle, als ein Typ zügig an uns vorbeijoggte, so als ob er der Duracell-Hase war, während seine kurze Hose bei jeder sportlichen Bewegung raschelte. Sie legte ihren Kopf schräg, sah ihm hinterher und flüsterte mir dann zu: „Der war süß."

„War er das?" Alles, was ich gesehen hatte, waren seine weißen Laufschuhe und seine kurze Hose, die aus meiner nach vorn übergebeugten Position über seine Ober- schenkel streifte.

„Okay, los geht's." Ich zwang mich dazu, wieder weiter- zujoggen, auch wenn ich mir ziemlich sicher war, dass meine Muskeln mich später dafür hassen würden. Wer rastet, der rostet, hatte ich gehört. „Ist das der wahre Grund, weshalb du morgens als allererstes joggen gehst?", fragte ich sie.

Sie warf mir einen verwirrten Blick zu. „Ist *was* der wahre Grund?"

„Damit du süße Männer abchecken kannst?" ich lächelte und hielt mit ihr Schritt, während ich versuchte, nicht vollkommen außer Atem zu wirken. Ich konnte das schaffen.

Sie lachte. „Oh, jetzt verstehe ich, was du von mir denkst."

Wir kamen an einem eingezäunten Garten vorbei, in dem ein Hund parallel zu uns mitrannte, bis wir am Ende seines Grundstücks angekommen waren.

„Vielleicht könntest du ihn noch einholen. Ihn nach einem Date fragen", sagte ich und dachte, dass sie mich – mit viel Glück – vielleicht in Frieden umfallen ließ und ich mein Gesicht wahren konnte.

„Und dich ohne einen Laufpartner zurücklassen? So eine Freundin bin ich nicht." Sie lachte mich aus und ich wusste, dass sie es genoss, dass das hier die reinste Folter für mich war.

„Ja, so eine Freundin bist du nicht." Ich neckte sie und sie kicherte, bevor ich ernst wurde. „Ich habe gehört, wie Nick in seinem Büro einen Anruf von einer Frau entgegengenommen hat. Denkst du, das hat irgendetwas zu bedeuten? Er wirkt echt vertrauenswürdig und ich will ihm nicht meine alten Lasten aufbürden, aber ich kann nicht anders, als ein ungutes Gefühl deshalb zu haben."

„War das vor oder nach eurem tollen Kunst-Date?", fragte sie.

Natürlich hatte ich ihr von dem Date erzählt. „Davor."

Michelle wurde langsamer, während ich stehenblieb und noch einmal nach Luft rang.

„Was genau hat er gesagt?", fragte sie und drehte sich zu mir, während sie ihre Arme locker verschränkte. „Erzähl es mir von vorn."

„Hast du heute Abend Zeit? Wir sollten ausgehen und feiern. Oder irgendwie sowas ..." Ich versuchte unbekümmert zu wirken, aber diese Worte hatten sich so in mein Gedächtnis gebrannt, als ob sie nie wieder verschwinden würden.

„Das ist ziemlich spezifisch." Michelle sah mich an, als ob sie wusste, dass ich nicht vollkommen ehrlich war.

„Gehst du wirklich jeden Tag so laufen?", fragte ich und wechselte das Thema wie ein Feigling. Ich konnte nicht glauben, dass das ein Teil ihrer täglichen Routine war. Ich hätte schwören können, dass wir tausend Meilen gerannt und immer noch nicht zu Hause waren. „Ich bin aus der Puste."

Sie grinste. „Um ehrlich zu sein, haben wir erst ungefähr die Hälfte meiner täglichen Strecke hinter uns."

„Machst du Witze?"

Sie schüttelte den Kopf und kicherte.

„Wow." Ich wollte sie auf das nasse Gras hinter ihr schubsen, aber ich war mir nicht sicher, ob ich nicht auch hinfallen würde – und ich hatte keinen Zweifel daran, dass sie ausweichen und ich mit dem Gesicht zuerst zu Boden fallen würde, damit die ganze Nachbarschaft es sehen und mich auslachen konnte. Nein danke. „Naja, wir haben immer noch den Rückweg. Ich werde mit dir mithalten – und wenn es das Letzte ist, was ich tue."

Sie lachte. „Erzähl mir noch, was genau dich an diesem Anruf gestört hat."

„Es war ihre Reaktion übers Telefon." Ich spähte zu ihr hinüber, als wir nebeneinander den Weg zurückjoggten, den wir gekommen waren. Ich kämpfte damit, mir nicht anmerken zu lassen, dass ich, tatsächlich, schon wieder außer Atem war. Ich hatte im Totally Fit Kraft dazugewonnen, aber ich hatte über die letzten paar Monate ziemlich sicher eine Menge Kondition verloren. „Sie hat ‚Das klingt wundervoll' in einer sehr flirtenden Stimme gesagt."

Michelle wurde ruhig und warf mir einen besorgten Blick zu. „Das macht es komplizierter. Vielleicht war es seine Schwester?"

„Vielleicht?" Ich wusste nicht, ob er eine Schwester hatte, aber ich würde sie lieber als eine Schwester ansehen, als eine Frau, die er datete. Der Gedanke, dass sie mit ihm verwandt war, ließ mich besser fühlen, aber nur ein klein wenig. Was, wenn es nicht seine Schwester war? Oder seine Cousine? Ich mochte es nicht, eifersüchtig zu werden. Das war keine Emotion, von der ich viel Gebrauch gemacht hatte, bevor ich betrogen worden war. Mein Herz wollte es einfach nicht riskieren, erneut so verletzt zu werden. „Aber vielleicht auch nicht. Woher soll ich wissen, mit wem er verwandt ist?"

„Es sieht dir gar nicht ähnlich, dir solche Sorgen zu machen", meinte sie. Wir blieben am Ende des Blocks stehen und joggten auf der Stelle, als wir in beide Richtungen nach Autos Ausschau hielten. Keine Fahrzeuge in Sicht, also hüpften wir vom Bürgersteig, um die Straße zu überqueren. „Er ist nur ein Kerl und es ist nichts Ernstes, oder?"

„Da hast du natürlich recht." Das mit Nick und mir war nichts Ernstes. Es sollte eigentlich etwas Lockeres werden ... aber es fühlte sich nicht locker an. Ich mochte ihn. Sehr. Ich hatte mir noch nie über solche Dinge Gedanken gemacht, wie die weiblichen Freunde der Kerle, mit denen ich ausging ... zumindest bis Kyle mich betrogen hatte. Seitdem war ich nicht mehr so selbstsicher und weitaus besorgter über Seitensprünge. „Aber du weißt, dass man sagt „Ein verbranntes Kind scheut das Feuer."

„Dann raus aus der Küche. Nicht, dass du kochen könntest." Michelle lachte.

„Das war unfair. Du würdest von Eiscreme leben, wenn du könntest", neckte ich sie. Ich konnte nicht aufhören, zu joggen, nachdem ich sie geärgert hatte, also ertrug ich dieses atemlose Gefühl und fragte mich, ob mein Herz vom Joggen tatsächlich explodieren konnte. „Minz-Eis mit Schokoladenstückchen, um genau zu sein."

„Autsch." Sie tat so, als ob sie sich duckte, weil sie dachte, dass ich ihr eine verpassen würde oder so. Natürlich würde ich das niemals tun. „Ganz ehrlich, ich denke, dass du dir wegen des Anrufs keine Gedanken machen solltest. Ohne Kontext könnte es alles sein, von einem Gespräch mit seiner Schwester, bis hin zu einer ehemaligen Kollegin."

Das, was sie sagte, ergab zu viel Sinn. Ich versuchte, meine Nerven zu beruhigen. „Du hast wahrscheinlich recht."

„Du magst diesen Typen wirklich, oder?", fragte sie und wurde langsamer, als ich stehenblieb und nach Atem rang, während ich eine Hand auf das Muskelstechen in meiner Seite drückte.

„Ja, wirklich." Es war fast schon beängstigend, wie sehr ich ihn mochte. Ich holte Michelle ein und joggte neben ihr her, während ich jeden brennenden Schritt bereute. „Und genau das ist ein Problem."

„Ein Problem?", fragte sie und klang verwirrt.

„Jap." Ich brauchte etwas mehr Abstand von Nick. Ich mochte ihn. Ich mochte ihn sehr. „Es ist ein wenig zu spät, die Dinge mit ihm nur beruflich zu halten."

Sie warf mir einen beunruhigten Blick zu. „Wow. Du hast dich wirklich, richtig verliebt, Missy. Ich meine, er scheint ein netter Kerl zu sein. Es ist in Ordnung, Gefühle für ihn zu haben. Ob du es willst, oder nicht, es klingt so, als wäre das bereits der Fall."

„Ich weiß." Und das machte mir Angst.

KAPITEL ZEHN

Ich kam aus dem Hinterzimmer des *Fashionably Late* geeilt, winkte Lisa zu, die hinter der Kasse stand und dankte meinem Glücksstern, dass ich ihre Hilfe hatte. Ein zusätzliches Paar helfende Hände hinter der Kasse zu haben, machte einen riesigen Unterschied – besonders, wenn ich mich um neue, anspruchsvolle Kunden kümmern musste, bevor ich meine erste Tasse Kaffee ausgetrunken hatte.

„Willkommen bei *Fashionably Late*.“ Ich streckte einer feurigen, rothaarigen Dame meine Hand entgegen, die mich mit ihren großen, grünen Augen ansah. „Ich bin Missy, die Inhaberin.“

„Perfekt. Ich bin Veronica“, sagte sie und schüttelte meine Hand, während der Mann an ihrer Seite sich neben sie stellte und mir zunickte. „Ich weiß exakt, was ich will. Das ist mein Bruder.“

„Ich bin Victor.“ Er trat mit einem atemberaubenden Grinsen nach vorn und hielt mir seine Hand entgegen. „Sie hat mich hierhergeschleppt –“

„Ich habe dich nicht hierher*geschleppt*.“ Veronica stieß

ihn mit ihrem Ellbogen an und stemmte dann ihre Hände in ihre Hüften. „Du bist begeistert, dass ich dich besuche und glücklich, dass du mir die Innenstadt zeigen kannst. Habe ich recht?"

Einer seiner Mundwinkel zog sich nach oben. „Ja, ich bin froh, hier zu sein ... in einer Modeboutique für Frauen."

„Freut mich, Sie kennenzulernen." Ich lachte und bemerkte, dass der Kerl kein Spielverderber war, wenn man bedachte, dass seine Schwester ihn offensichtlich dazu gezwungen hatte, mit ihm shoppen zu gehen. Ich wandte mich Veronica zu. „Sie sagen, dass Sie exakt wissen, was Sie wollen. Das klingt nach einem guten Anfang."

„Naja, zumindest, was den Style angeht."

Ich nickte. „Damit können wir arbeiten. Nach welchem Style suchen Sie denn?"

„Hübsch, weich, feminin." Sie legte ihren Kopf schräg. „Sehr klassisch und schick."

Mehrere Outfits kamen mir in den Sinn, also führte ich sie zu einem Kleiderständer und zeigte ihr ein schönes, lockeres Oberteil, das das Blaugrün in ihren Augen betonen würde. „Was sagen Sie dazu?"

Sie begutachtete das Oberteil. „Kein Fan von diesem Blauton, aber der Stil gefällt mir."

„Es würde toll an dir Aussehen", meinte Victor. „Du solltest es kaufen, damit wir weiterkönnen."

Sie blickte ihn finster an, woraufhin er so tat, als ob er seine Lippen verschloss und einen Schlüssel wegwarf. „Männer haben keine Ahnung", sagte Veronica.

„Wie wäre es damit?" Ich lächelte diplomatisch und zog ein anderes Oberteil in einem ähnlichen Style, aber in einem Pflaumenton heraus, das zu ihrem Hautton und ihren roten Haaren passen würde.

„Mal sehen." Sie griff danach und nahm es in ihre Hände. Sie seufzte, als sie mit ihren Fingern über den Stoff fuhr. „Es ist so weich."

„Wir können es auf den *Anprobieren*-Stapel legen." Ich wollte sichergehen, dass sie es auch angezogen liebte, ansonsten machte es keinen Sinn. „Was halten Sie von Grün?"

„Ihh." Sie schüttelte den Kopf. „Ich weiß, dass Rotschöpfe eigentlich Grün tragen sollten, besonders, wenn man grüne Augen hat, aber ich fühle mich in Grün immer wie am Weihnachtsmorgen." Sie verzog das Gesicht. „Nein danke."

Ich lachte. Ich mochte sie. „Also, wo kommen Sie denn her?"

„Aus Seattle." Sie lächelte mich an und nahm das Top, das ich ihr entgegenhielt. Ich liebte das kräftige Kobaltblau und den generell filigranen Stil des Oberteiles. Es schrie *sieh mich an*, aber auf eine geschmackvolle Art. „Es ist so heiß hier. Das bin ich gar nicht gewohnt und ich habe nichts zum Anziehen."

Victor kicherte. „Ich hatte sie gewarnt, dass sie für das Sacramento-Wetter packen sollte, aber sie hört nie auf mich."

„Ich bin die Kälte einfach so gewöhnt, dass ich nicht dachte, dass die Hitze mich stören würde." Sie stieß ihren Bruder mit ihrem Ellbogen an, der so tat, als wäre er tödlich verwundet worden, seine Rippen festhielt und sich auf eine Seite beugte. „Ignorieren Sie ihn", meinte sie.

„Kein Problem." Ich kicherte, auch, wenn sein gutes

Aussehen für jedermann hart zu ignorieren wäre. „Das würde gut zu dem Oberteil passen. Was meinen Sie?"

„Nein. Die gefällt mir nicht." Sie lehnte das hübsche Paar Stoffhosen ab, das ich ihr vorschlug. Sie hätte zu mehreren der Oberteile gepasst, die wir ausgesucht hatten, aber ich ließ es gut sein. „Den Rock liebe ich allerdings."

„Wunderbar." Ich legte den süßen, weißen Rock zu dem Stapel. Das Weiß würde ihr dabei helfen, in der Sonne nicht zu schnell zu überhitzen. „Weiß reflektiert auch die Hitze."

„Also war Schwarz eine schlechte Wahl?" Sie spähte hinunter auf das hübsche, schwarze Kleid, das sie trug. „Warum hast du nichts gesagt?", fragte sie Victor.

„Woher soll ich das wissen?" Er zog beide Schultern nach oben und fuhr sich dann mit einem ungezwungenen Lächeln durch seine kurzen Haare. „Denkst du, ich würde dir einen Grund geben, mich an einen Ort wie diesen zu schleppen?"

„Was soll das denn heißen?", fragte sie, stemmte eine Hand in ihre Hüfte und starrte zu ihm hinauf.

Sein Grinsen verschwand. „Ich meine nur ... ich ... shoppen ist einfach nicht mein Ding."

„Ich bin mir sicher, dass sie Sie nur neckt." Ich schenkte ihm ein Lächeln und merkte, wie sich sein Gesichtsausdruck erhellte. Wir legten noch eine Hand voll weitere Dinge auf den Stapel. Veronica hatte es ernst gemeint, als sie gesagt hatte, dass sie wusste, was sie mochte. Sie lehnte noch diverse andere Kleidungsstücke ab und stimmte ein paar weiteren zu. Als wir einen beträchtlichen Haufen an Kleidung gesammelt hatten, wandte ich mich ihr wieder zu. „Sind Sie bereit, etwas anzuprobieren?"

„Darauf können Sie wetten." Sie folgte mir, als ich den Weg anführte. Lisa beeilte sich, um hinterherzukommen und lächelte uns an. Wir kamen an dem Kleiderständer vorbei, auf dem Nicks Trainingskleidung hing und Veronica gab ein kleines Geräusch von sich. „Die passen hier irgendwie gar nicht rein. Nicht einmal ansatzweise so schick wie alles andere, was Sie hier anbieten."

„Ist ein Experiment ..." Ich legte meinen Kopf schräg und musste ihr zustimmen, dass die Sportmodelinie nicht wirklich hierher passte, doch ich war die Verpflichtung eingegangen, die Cross-Promotion zu probieren und ich war eine Frau meines Wortes – aber die Tatsache, dass eine Kundin mir aus der Seele gesprochen hatte, gab mir zu denken.

Lisa beugte sich zu mir und rümpfte die Nase. „Mir haben noch ein paar andere Kundinnen dasselbe über die Sportmodelinie gesagt."

„Danke." Ich nickte, während sie die Tür der Umkleidekabine für mich öffnete. Ich hängte die Sachen an die Haken und trat zurück. „So, bitteschön", sagte ich zu Veronica.

„Ich bin aufgeregt." Sie lächelte mich an und schlüpfte dann in die Umkleidekabine. Victor saß auf einem der schicken Sessel, die für die Ehemänner und Partner vor dem Umkleidebereich standen.

„Ich bin beeindruckt", sagte er leise. Ich kam zu ihm und setzte mich neben ihn. „Sie wissen wirklich, wie Sie mit ihr umgehen müssen. Die meisten Leute denken, dass sie nervig und anspruchsvoll ist."

„Wir sind alle anspruchsvoll, wenn es um Kleidung

geht. Deshalb bin ich hier." Ich lächelte ihn an und er grinste herzerwärmend zurück.

„Nun ja, Sie machen Ihren Beruf echt gut."

„Vielen Dank." Ich richtete mein Oberteil und blickte hinüber zu Lisa. Sie schwebte umher und half den Kundinnen, die sich im Laden umsahen. „Es ist schön, dass Sie für Ihre Schwester da sind."

„Irgendjemand muss sie ja ertragen." Er kicherte, aber ich konnte spüren, dass er sie liebhatte.

„Ich liebe das hier." Veronicas erfreute Stimme erklang durch die Tür und wir warfen beide einen Blick in ihre Richtung. „Ich liebe alles. Es ist perfekt. Ich nehme jedes einzelne Stück."

„Sie können gerne auch gleich anbehalten, was immer Sie möchten", sagte ich. „Aufgrund der Hitze und allem."

„Missy, Sie sind meine Lebensretterin." Sie öffnete die Tür und trat aus der Kabine, während sie das kobaltblaue Top zusammen mit dem luftigen, weißen Rock trug. Mit einem Lächeln auf den Lippen drehte sie sich ein wenig.

Ich klatschte. „Sie sehen toll aus."

„Wow." Victor stand auf und ging zu seiner Schwester.

„Könntest du das nehmen?", fragt sie ihn und belohnte ihn mit einem Lächeln.

„Natürlich." Er nahm ihre Sachen, während sie ihre Arme um meinen Hals warf.

„Freut mich, dass es Ihnen hier gefallen hat." Wir begannen, uns unseren Weg ins Vordere des Ladens zu bahnen. Lisa winkte uns hinter der Kasse zu.

„Mir gefallen hat?" Sie grinste mich strahlend an. „Ich wünschte, ich könnte Sie nach Seattle mitnehmen. Ich hatte eine fantastische Zeit – und Sie, Missy, sind *super* darin."

„Vielen Dank." An der Kasse scannte Lisa alles ein, während Victor einen Schritt auf mich zu kam. Lisa und Veronica quatschten kurz über Seattle und wie sie damit kämpfen würde, ihre frisch errungene Kleidung in ihr Gepäck für den Rückflug zu bekommen. „Brauchen Sie etwas?", fragte ich Victor.

„Ist das so offensichtlich?" Seine grünen Augen suchten meine. „Ich habe mich gefragt, ob Sie vielleicht mit mir zu Abend essen wollen würden. Ohne Victoria, natürlich."

„Oh ... das ist so lieb und, ähm, unerwartet", sagte ich und legte eine Hand auf mein Dekolletee. Klar, war er ein gutaussehender Typ, aber ich war etwas überrumpelt, da ich nicht einmal darüber nachgedacht hatte, mit ihm auszugehen. Er wirkte freundlich und fröhlich und ich hatte unsere kurze Unterhaltung genossen.

„Unerwartet auf eine gute Art?" Er sah mich mit einer erhobenen Augenbraue an.

„Nur überrascht." Ich lächelte ihn an. Ich könnte ja sagen. Mit diesem Typen ausgehen und meinen Kopf für eine Nacht von meinen Sorgen befreien. Mir würde das lockere Date gefallen. Logischerweise sollte ich auch wahrscheinlich zusagen ... aber mein Herz flüsterte *was ist mit Nick*? Und, so nett er auch war, fühlte ich bei ihm nicht dieses Knistern. Gar nicht. Nicht einmal ein halbes Knistern. „Danke für die Einladung, aber ich muss leider ablehnen."

„Den Versuch war's wert", sagte er und lächelte gutmütig.

Ich verabschiedete mich von Victor und machte mich

daran, der nächsten Kundin zu helfen. Selbst, obwohl ich nicht wusste, wo ich mit Nick stand, wusste ich, wo ich mit ihm stehen *wollte*. Und mit Nick knisterte es ohne Ende. Tatsächlich entschied ich mich dazu, ihm zu schreiben, um zu sehen, ob er dieses Wochenende Zeit hatte. Der Gedanke daran, ihn wiederzusehen, machte mich ganz aufgeregt und hibbelig.

KAPITEL ELF

„Das ist ein hübscher Ort für ein Picknick", sagte ich. Statt in ein Restaurant hatte Nick mich an den Strand am Ufer eines Flusses gebracht, den ich noch nie zuvor gesehen hatte. Ich setzte einen Fuß auf den Sand und lächelte ihn an. Er folgte mir, während er seine Stofftragetasche über einer Schulter trug. „Wie heißt dieser Ort hier?", fragte ich ihn.

Ich hasste es, dass ich im Endeffekt die Stimmung an diesem wunderschönen Sonntagnachmittag versauen würde, aber ich musste Nick wissen lassen, dass seine Modelinie in meinem Laden keinen Erfolg hatte. Ja, ich musste einen Weg finden, es ihm zu sagen. Oh, das würde *so* seltsam werden.

„Sand Cove Park. Ist ein geheimer Reisetipp hier in der Gegend." Er legte einen Finger auf seinen Mund. „Schht."

„Es ist so schön hier." Ich warf einen Blick über den Strand. Dunkler, schmutziger Sand erstreckte sich am Rande entlang des Flusses. Niemand sonst war in Sicht, also musste er recht damit gehabt haben, dass es ein geheimer Insidertipp war. „Wie weit erstreckt sich der Park?"

„Bin mir nicht sicher. Er hat allerdings eine ordentliche Größe fürs Bootfahren, da ich immer mal wieder welche vorbeifahren sehe." Er ging direkt hinunter zum Wasser und suchte sich ein nettes Plätzchen aus, das teilweise im Schatten eines Baumes lag, der so aussah, als ob er sich mit seinen Ästen nach dem Wasser streckte. „Hast du Hunger?"

„Naja, ja, ich habe dem Mittagessen doch zugestimmt, oder nicht?", neckte ich ihn.

„Schätze schon." Er setzte sich und öffnete seine Tasche. Daraus zog er eine Decke, welche er im Schatten auf dem Sand ausbreitete. Daraufhin holte er eine Flasche schäumenden Apfelsaft, genannt Cider, zwei Gläser und mehrere To-Go-Verpackungen heraus. „Mittagessen."

„Cider?" Ich sah ihn mit erhobener Augenbraue an.

„Alkohol ist an diesem öffentlichen Strand nicht erlaubt. Schien mir eine gute Alternative zu sein." Er zog beide Schultern nach oben und ich musste Kichern. Ich hatte absolut nichts gegen Cider.

„Was gibt es zu essen?" Ich setzte mich auf die Decke und schlüpfte aus meinen Schuhen.

„Ist eine Überraschung." Er kicherte, aber die Plastikdosen rochen unverwechselbar nach Barbecue und mir lief wie verrückt das Wasser im Mund zusammen.

„Riecht nach Barbecue." Ich hielt inne, um eine vorbeigehende Frau anzulächeln, die mit ihrem schönen Hund spazieren ging. „Hübscher Welpe."

„Danke." Sie grinste mich an und ging weiter.

„Woher weißt du das?" Nick drückte mir eine Dose in die Hand und ich öffnete sie, um fantastisch aussehendes Barbecue mit Kartoffelsalat vorzufinden. Perfektion.

„Gut geraten." Ich nahm mir eine Gabel und warf erneut einen Blick über den Strand. Dann wandte ich mich Nick zu, in der Hoffnung, dass er es nicht persönlich nehmen würde. „Ich würde gerne mit dir über deine Sportmodelinie im *Fashionably Late* reden ..."

„Oh-oh. Warum essen wir nicht erst und reden später?" Er öffnete den Cider, der in einer Art Bierflasche verkauft wurde, schenkte ein Glas davon ein und reichte es mir. Ich nahm es mit einem leisen *Dankeschön* entgegen und trank einen Schluck, während ich über seine Worte nachdachte. Ich wollte nicht damit warten, über die Modelinie zu reden. Die Dinge vor mir herzuschieben funktionierte nicht für mich. Ich wollte das unangenehme Gespräch hinter mir haben, damit wir (hoffentlich) unseren Nachmittag genießen konnten. „Ist das eine annehmbare Wein-Alternative?"

„Es ist wirklich lecker. Cider hat mir schon immer geschmeckt." Ich nahm noch einen Schluck und lauschte dem beruhigenden Klang des Flusses. „Es ist schon lange her, dass ich gepicknickt habe."

„Wirklich?" Er nahm einen Schluck seines Getränks. „Hier draußen ist es friedlich und dieser Ausblick ist unschlagbar."

„Da hast du recht." Ich lächelte einem Pärchen zu, das Hand in Hand am Ufer entlangspazierte. So etwas wollte ich auch. Eine vertraute Beziehung mit jemandem, mit dem ich die einfachen Dinge des Lebens zusammen genießen konnte, wie einen Spaziergang am Fluss. „Danke, dass du mich hierhergebracht hast."

„Gerne." Er nahm einen Bissen vom Barbecue und ich erinnerte mich wieder an mein Essen.

„Das riecht so gut." Ich pikste ein Stückchen Fleisch auf, das mit Soße überzogen war und schob es mir in den Mund. Der süßliche und gleichzeitig herzhafte Geschmack brachte mich dazu, meine Augen zusammenzukneifen. Das Fleisch selbst zerging fast von alleine auf meiner Zunge und ich stöhnte genüsslich. „Ich bin verrückt danach."

Er kicherte. „Das ist von meinem liebsten Barbecue-Restaurant."

„Hör mal, Nick ... ich bin mir nicht sicher, ob deine Trainingskleidung gut in meinen Laden passt." Ich öffnete meine Augen, um ihn anzusehen. Er tunkte ein Stück Fleisch in die Soße in seinem Plastikbehälter. „Tut mir leid. Es lag mir einfach auf dem Herzen und ich musste dir sagen, wie ich mich fühle."

Er sah mir in die Augen. „Das Produkt verkauft sich allerdings gut."

„Das stimmt. Deine Kleidung verkauft sich in deinem Studio wirklich gut", sagte ich in dem Wissen, dass ich in meiner gehobenen Modeboutique mehr Beschwerden und negative Kommentare darüber bekommen hatte, als ich verkaufen konnte. Weder wollte ich ihm das sagen, noch seine Gefühle verletzen. Seine Modelinie war fantastisch – jedoch funktionierte locker-lässig-sportlich in meinen Regalen nicht ... aber wie sollte ich ihm die Details erzählen, ohne, seine Gefühle zu verletzen? „Trotzdem –"

„Athena!", rief eine Frau, als ihr Hund wie ein Reh in das Wasser hüpfte. Die Besitzerin rannte ihr hinterher.

„Wehe, du wirst nass. Oh, na toll. Jetzt bist du völlig durchnässt."

Der Hund blieb mit einem breiten Hundegrinsen im Gesicht stehen, bevor sie an den Strand rannte und das Wasser aus ihrem kurzen Fell schüttelte. Dann stellte sie beide Pfoten ab und schüttelte ihren Hintern, um trocken zu werden. Ihre Besitzerin rief nach ihr und lief auf den Welpen zu, bevor die Kleine wieder davonhuschte. Ihre Besitzerin setzte die Verfolgungsjagd fort und ich musste kichern.

„Erinnere mich daran, mir niemals einen Hund zu kaufen."

„Sieht nach einer Menge Arbeit aus", sagte Nick, während er ziemlich abwesend klang.

„Hunde sind süß, aber mein Apartment ist nicht gerade haustierfreundlich."

„Trotzdem?" Nick beobachtete die junge Frau und den Hund, die den Strand entlangrannten, während sich an seinen Augenwinkeln Falten bildeten, bevor er zu mir sah. „Was wolltest du sagen ...?"

Ich seufzte. „Trotzdem ... will ich deine Modelinie nicht ändern. Ich bin mir einfach nur nicht sicher, ob sie in meinem Laden funktioniert." Ich nahm einen Schluck meiner Apfelschorle und stellte das stillose Weinglas in den kalten, schattigen Sand. „Aber ich habe mit einer guten Freundin über die, ähm, *Situation* gesprochen und ich habe vielleicht eine Idee."

„Naja, das ist doch gut." Er grinste mich an und ließ sich noch immer seinen Salat schmecken. Er wirkte ein wenig enttäuscht von meiner vorherigen Aussage, aber nicht furchtbar aufgebracht.

„Hast du wirklich dein Barbecue mit dem Salat gemischt?" Ich warf einen Blick auf sein chaotisches Essen, bevor ich seinen unschuldigen Blick bemerkte.

„Nein? Das wäre seltsam." Er sah zur Seite, schloss dann langsam den Deckel seiner Box und ich lachte. Er nahm noch eine weitere Gabel. „Es schmeckt sogar wirklich gut." Er bot mir einen Bissen an und ich zögerte.

„Ich hoffe für dich, dass das stimmt." Ich öffnete meinen Mund und er schob die Mischung aus Salat und Barbecue zwischen meine Zähne. In der Sekunde, in der ich hineinbiss, entschied ich, dass er letztlich doch die richtige Idee hatte. Es war lecker. Süß und herzhaft, cremig, ein klein wenig bitter und saftig ... es war der Himmel in einem Bissen. „Das ist vielleicht ein Durcheinander, aber es schmeckt tatsächlich wirklich gut."

„Deshalb habe ich es dir ja angeboten." Er grinste und nahm noch einen Bissen, während er sich von mir weglehnte, so als ob er dachte, dass ich ihm sein Essen klauen würde. „Also, jetzt zu deiner Idee ..."

„Ich habe mit meiner Freundin Claire gequatscht und sie hatte ein paar Vorschläge." Ich schloss meine Box und stellte sie neben mich auf die Decke. Ich nahm mir meine Handtasche, zog sie zu mir und griff nach den Designs, die ich mitgebracht hatte, während ich die bittersüße Erinnerung verdrängte, wie ich mit Claire an meinem Hochzeitskleid gearbeitet hatte. Das gleiche Kleid, in dem ich nie den Gang zum Altar beschritten hatte, da mein Ex mich betrogen hatte. „Claire ist eine Hochzeitskleid-Designerin und sie ist wirklich talentiert."

Er nahm die Entwürfe und sah sie sich an. „Wow. Du hast echt keine Witze gemacht."

„Ich dachte, die hier könnten eine Abwandlung deiner Modelinie werden, da sie zum Großteil an deine Muster angelehnt sind – nur in einem schickeren Stil." Ich sah zu den Designs, während er sie durchsah. „Wir könnten die Sportkleidungslinie ... *Fashionably Fit* nennen."

„Das ist eine fantastische Idee." Er blickte mit Begeisterung, die in seinen Augen funkelte, zu mir hinauf und etwas in mir schmolz. „Und ich liebe den Namen *Fashionably Fit*."

„Athena!" Die junge Frau rannte ihrem Hund erneut hinterher und wir sahen beide auf. Sie lächelte und winkte uns zu, während sie völlig außer Atem wirkte. „Sorry, sie ist noch ein Welpe und ein Meister im Abhauen, aber ich brauchte die Bewegung und sie stört ja keinen."

„Keine Sorge." Ich lächelte sie an. Ich hatte nichts dagegen, dass ihr Hund umherrannte. Sie war nicht einmal in unsere Nähe gekommen, obwohl wir etwas zu essen hatten. „Athena ist ein toller Name für einen Hund."

„Danke." Sie kam etwas näher und warf einen Blick auf die Blätter, die um mich und Nick verteilt lagen. „Was für eine hübsche Yoga-Modelinie. Wo kann ich sie kaufen?", fragte sie, während Athena gerade angewackelt kam und ihre Besitzerin sie am Halsband festhielt.

„Im Totally Fit, dem Fitnessstudio in der Innenstadt", sagte ich und hoffte, dass das die Bestätigung war, die Nick brauchte, damit wir ihn ganz von dieser neuen Linie überzeugen konnten.

„Wie cool. Ich erzähle auch meinen Freunden davon. Wir gehen alle zusammen trainieren. Komm, wir gehen nach Hause, Athena. Euch noch einen schönen Tag." Sie winkte uns zu und wir winkten zurück, bevor sie nun mit ihrem zufriedenen Welpen im Schlepptau davonging.

„Siehst du? Ihr haben die Designs richtig gut gefallen und wir haben nicht einmal versucht, eine Kundin zu finden. Das könnte etwas Großes werden", meinte ich.

„Okay, lass es uns versuchen", sagte er und zog mich nah zu sich. „Du redest immer von der Arbeit. Warum genießen wir nicht einfach den Rest des Nachmittags, ohne über das Geschäftliche zu sprechen?"

„Ich hätte nie gedacht, dass ich dich das einmal sagen hören würde", meinte ich und kicherte, während er meinen Hals mit federleichten Küssen kitzelte. Dann gab er mir einen langen und innigen Kuss, der mich vor Zufriedenheit seufzen ließ. Konnte eine Beziehung wirklich so einfach sein? Warte, wir waren in einer Beziehung? Ich war mir nicht sicher, was er darüber dachte. „Erzähl mir etwas von dir, Nick. Hast du eine Schwester? Einen Bruder?"

Er schüttelte den Kopf. „Cousins. Eine Menge Cousins. Hier und in Italien."

Die Vorstellung von ihm mit einem Haufen Cousins klang lustig, aber es war mir nicht entgangen, dass, wenn er keine Schwester hatte, ich noch immer nicht im Geringsten wusste, mit wem er an jenem Tag am Telefon gesprochen hatte. Ich verdrängte es aus meinem Kopf. „Was sonst kannst du mir über dich erzählen?"

Er hielt seine Handflächen nach oben. „Ich bin ein offenes Buch. Was möchtest du denn wissen?"

„Hmmm." Ich dachte einen Moment lang nach. Es wurde ein wenig windiger, also sammelten wir die Designs zusammen und ich schob sie sicher wieder zurück in meine Handtasche. Und einfach so hatte ich das Gespräch über die Arbeit beiseitegelegt. Ich hatte das Gefühl, dass wir uns nun darauf konzentrieren konnten, persönlich zu bleiben. „Warum erzählst du mir nicht von deiner ernstesten Beziehung?"

„Okay ..." Er trank einen Schluck Cider, als ich mein Essen nahm und prompt mein Barbecue mit dem Salat vermischte, während ich auf seine Antwort wartete. „Ich bin im College mit einem Mädchen ausgegangen. Sie war meine erste große Liebe."

„Red' weiter", sagte ich und fragte mich, ob sie auch (was denn sonst?) in ihn verliebt gewesen war und was zur Trennung geführt hatte.

„Wir waren ein paar Jahre zusammen." Er starrte in sein Getränk und ich merkte, dass er in Gedanken schwelgte. Sein verletzter Blick sagte mir mehr als seine Worte und ich fühlte mit ihm. „Sie hatte mir nicht vertraut. Nicht aufgrund irgendetwas, was ich getan hatte, sondern einfach, weil sie Vertrauensprobleme hatte. Ihre Eltern hatten eine schlechte Beziehung geführt und ihr Vater war gegangen, als sie noch jung war. Jedoch gab es nie etwas, was ich tun konnte, um ihr zu beweisen, dass ich anders war."

„Das ist hart. Wie eine No-Win-Situation."

„Ganz genau." Er sah mir in die Augen. „Ich kann dir gar nicht sagen, wie sehr es wehgetan hat, zu wissen, dass, völlig egal, was ich tat, sie mir nie vertraut hat. Irgendwann sind wir schließlich getrennte Wege gegangen."

„Tut mir leid." Ich wusste nicht, was ich sonst sagen sollte. Es war nicht meine Absicht gewesen, schmerzhafte Erinnerungen hochzuholen.

„Muss es nicht. Ich bin froh, das mit dir teilen zu

können." Er lächelte mich an, aber seine Augen wirkten noch immer ein wenig traurig. „Seit ihr bin ich mit niemand Besonderem mehr ausgegangen. Nicht wirklich. Bis jetzt."

Mir blieb die Luft weg, als seine dunklen Augen mich fesselten. „Ich?"

Er nickte und mein Herz hüpfte in meiner Brust. „Du."

„Naja, ja, ich bin eine tolle Geschäftspartnerin." Ich versuchte das, was er sagte, herunterzuspielen. „Was gibt es da nicht zu mögen?"

„Ich finde, wir arbeiten geschäftlich gut zusammen, aber wenn du mir sagen würdest, dass du nie wieder mit mir arbeiten möchtest, würde das nichts an meinen Gefühlen für dich ändern, Missy. Du bist anders als all die Frauen, die ich bisher kennengelernt habe. Mir wurde gesagt, dass ich manchmal ein ziemlicher Workaholic sein kann."

„Nie im Leben", sagte ich sarkastisch.

„Doch." Er sprach leise und zerstörte jede Widerlegung, die ich hatte formulieren wollen. „Ich bin mir nicht sicher, wie es passiert ist, aber die Wahrheit ist, dass du mir wichtiger bist. Wichtiger, als du denkst."

Mein Herz setzte einen Schlag aus. „Ich weiß gar nicht, was ich sagen soll."

„Du musst nichts sagen." Seine Mundwinkel zogen sich ein wenig nach oben und sein warmer Blick suchte meinen.

„Ich brauche ein wenig Zeit, um zu verarbeiten, was du mir erzählt hast", meinte ich und fand, dass auf einmal alles so schnell passierte. Ich wollte nicht, dass alles langsamer passierte, aber meine Emotionen arbeiteten auf

Hochtouren und ich musste erst alles überdenken. Seine Ehrlichkeit fühlte sich gut an, aber seine Worte ließen mich zu warm und übermäßig glücklich fühlen ... sodass es mich überwältigte.

„Lass dir Zeit. Ich habe auch viel über uns nachgedacht." Er füllte unsere Gläser auf, während ich einen weiteren Bissen von meinem Barbecue-Salat-Mix nahm und es mit einem Schluck des Ciders hinunterspülte. „Es ist wundervoll, Zeit mit dir zu verbringen."

„Geht mir genau so. Und was das Geschäftliche angeht ..." Ich schenkte ihm ein aufgeregtes Lächeln.

Er sah mich mit erhobener Augenbraue an. „Ich höre?"

Ich sah zu, wie er sich ein wenig zurücklehnte, beide Füße auf die Decke stellte und seine Knie anzog. Er legte seine Arme locker um seine Beine und beobachtete mich, als ob ich der einzige Mensch auf Erden war, was mir ein nur noch wärmeres Gefühl gab.

„Ich würde gerne eine Partnerschaft in Bezug auf die gehobene Fitnessmodeline zwischen dir, mir und Claire vorschlagen." Die Überraschung in seinen Augen brachte mich zum Lächeln. „Sie hat mit meinem Input die Entwürfe gezeichnet und die Änderungen an deinen Designs vorgenommen, aber unsere Arbeit basiert auf deiner originalen Modelinie."

„Du bist eine bemerkenswerte Geschäftsfrau", sagte er.

„Vielen Dank." Ich nickte. „Ich weiß es zu schätzen, dass du so offen zu mir bist, Nick. Solch Ehrlichkeit und Direktheit bin ich nicht gewöhnt und es ist toll. Wirklich toll. Und ich mag dich auch. Ich mag dich wirklich sehr, Nick."

„Ich bin ein Glückspilz." Er kniete sich hin und beugte

sich zu mir, als ich mein Essen zur Seite stellte und dann legte er seine beiden Hände auf meine Wangen. Seine warmen Lippen berührten meine und die letzten Bedenken in mir schmolzen dahin. Es waren nur wir beide, hier, am Fluss und alles andere war unwichtig.

KAPITEL ZWÖLF

„Diese Aussicht ist unglaublich", sagte ich, als ich am Freitagabend von meinem Platz auf der Dachterrasse des zwanzigsten Stocks des Geoffries Hotels aus hinaus auf das Funkeln der Lichter der Innenstadt blickte. Als ich vor über einem Monat diesen kleinen Hund gerettet hatte, hatte der Onkel des Jungen, Evan White, meine Visitenkarte mitgenommen. Evan hatte sich letzte Woche mit einer Einladung zu der schicken Geburtstagsfeier seiner Schwester bei mir gemeldet und ich hatte Nick als meine Begleitung mitgenommen. Ich spähte über meine Schulter hinüber zu Nick, der in seinem schwarzen Anzug mit roter Krawatte richtig attraktiv aussah. „Was hältst du von dieser Aussicht, Nick?"

„Unglaublich." Er schenkte mir ein Lächeln, das meinen Bauch zum Kribbeln brachte. „Wer hätte gedacht, dass die Rettung eines Welpen bei unserem allerersten Treffen uns hierherführen würde?"

„Lustige Wendung, oder?", sagte ich und strich den Rock meiner glitzernden, schwarzen, trägerlosen Abendrobe glatt.

„Es ist immer lustig, mit dir auszugehen." Nick kam näher, an seinen Augenwinkeln bildeten sich Fältchen. „Ach übrigens, wir haben Montag in einer Woche eine Pressekonferenz für die Markteinführung der neuen Modelinie geplant. Die gesamte Presse von Sacramento wird da sein. Ich habe meine Assistentin gebeten, dir die Informationen zukommen zu lassen. Ich freue mich darauf, dein Partner bei *Fashionably Fit* zu sein."

Ein Schauer tanzte meinen Rücken hinauf. „Ich freue mich auch."

„Aber das Geschäftliche mal beiseite ... ich muss dir sagen, dass –"

„Schön, dass Sie beide kommen konnten", ertönte eine männliche Stimme hinter mir.

Ich drehte mich um und legte eine Hand auf mein Dekolletee, wo ich die bloße Haut an meinen Schlüsselbeinen berührte, die durch die heiße Sommernacht erhitzt war. „Oh, hallo Evan. Nette Party. Nochmals danke für die Einladung."

„Das ist doch das Mindeste, was ich für Muffys Retterin tun kann." Er gab mir einen zurückhaltenden Kuss auf die Wange und stellte sich dann Nick noch einmal vor. „Freut mich, Sie kennenzulernen, Nick", sagte er.

„Ganz meinerseits." Nick schüttelte Evans Hand und sah sich dann auf der Terrasse um, die aufwendig in einem einzigartigen Piloten-Stil dekoriert worden war. „In welcher Branche arbeiten Sie, Evan? In der Luftfahrt?"

„Nein, aber meine Schwester." Evan kicherte gutmütig. „Sie ist Pilotin für eine kommerzielle Fluggesellschaft. Ich arbeite in der gewerblichen Immobilienbranche."

„Ah. Sehr lukrative Wahl." Nicks kleine Anmerkung

brachte ihm von dem anderen Mann ein kameradschaftliches Klopfen auf die Schulter ein.

„Ich kann mich nicht beschweren. Man sagt in der Liebe und in der Arbeit: wenn man es weiß, dann *weiß man es* eben.“

„Wer sagt das?", fragte Nick, fuhr sich mit der Hand über den Nacken und warf mir einen Blick zu, während ein Lächeln seine Mundwinkel umspielte.

„Tatsächlich bin ich derjenige, der das sagt“, meinte Evan kichernd. „Originales Zitat.“

„In der Liebe und in der Arbeit: wenn man es weiß, dann *weiß man es* eben. Das Sprichwort gefällt mir“, sagte ich und warf Nick einen bedeutungsvollen Blick zu, bevor ich mich wieder unserem Gastgeber zuwandte. „Also hatten Sie auch in der Liebe Glück?“

„Noch nicht“, antwortete Evan, während sich eine Falte zwischen seinen Augenbrauen bildete, weshalb ich mir die Frage stellte, ob ihm eine Ex-Freundin das Herz gebrochen hatte. Wenn schon, dann konnte ich es verstehen. Allerdings war mein Herz nun verheilt und ich konnte mir nicht vorstellen, bei jemand anderem als Nick zu sein. Wir passten einfach zusammen ... wie unsere neue Sportmodelinie. Nach einer langen Pause räusperte Evan sich. „Ich wollte mich einfach noch einmal persönlich bei Ihnen bedanken, dass Sie Muffy gerettet haben.“

„Muffy, hm?", fragte Nick.

Evan zuckte mit den Schultern. „Nicht meine Entscheidung, wohlgemerkt.“

„Ich finde den Namen süß“, sagte ich.

„Wyatt, mein Neffe, ist ein gutes Kind. Natürlich hat er

sich diesen Namen einfallen lassen. Dank Ihnen, Missy, geht es dem Welpen besser als je zuvor."

„Freut mich, zur rechten Zeit am rechten Ort gewesen zu sein", sprach ich und sah zu Nick. „Tatsächlich habe ich auf diesem Wege Nick kennengelernt. Also sollte ich eigentlich Wyatt dafür danken, dass ihm sein Hund ausgerissen ist, wenn ich ihn das nächste Mal sehe."

„Ist das so?" Evan hob seine Augenbrauen. „So wie ich Sie beide heute Abend beobachtet habe, hätte ich geschätzt, dass Sie schon seit Jahren zusammen sind."

„Manchmal fühlt es sich so an", sagte Nick, als er mir in die Augen sah, was meinen Puls nach oben schnellen ließ. Dann blickte er über meine Schulter. „Sieht so aus, als werden Sie gebraucht, Evan."

Evan drehte sich in die Richtung der Frau, die ihm recht ähnlichsah – wahrscheinlich seine Schwester –, die ihn zu sich hinüberwinkte. „Bitte entschuldigen Sie mich", sagte er. „Machen Sie sich einen schönen Abend."

„Danke", sagte ich und sah zu, wie er ging, bevor ich mich Nick zuwandte. „Wollen wir reingehen und uns den Rest dieser coolen Dekoration im Piloten-Stil ansehen? Ich habe jemanden sagen hören, dass es eine Eisskulptur gibt."

„Eine Eisskulptur? Das muss ich mir anschauen." Er nahm meine Hand und zusammen gingen wir hinein, verließen die heiße Luft auf der Terrasse und betraten den klimatisierten Raum. An der hinteren Wand war eine Bühne aufgebaut worden, auf der eine Coverband „Firework" von Katy Perry spielte. Viele Gäste tanzten zu dem Rhythmus und ich konnte nicht anders, als mich zu fragen, ob es später vielleicht noch ein Feuerwerk geben würde. Bei dem ganzen Geld, das für diese Party ausgegeben wurde, würde es mich nicht wundern. Nick hob sein Kinn in die Richtung der hölzernen Bühne. „Sieh mal, was die Band trägt."

„Hm?" Ich warf einen Blick hinüber und sah, dass der Sänger als Pilot einer Fluggesellschaft und die restlichen Bandmitglieder als Flugbegleiter verkleidet waren. Ich klatschte in die Hände. „Das ist genial. So einzigartig."

„Dort steht die Eisskulptur." Er gestikulierte zum Büffet-Tisch, neben dem ein Tisch mit einer gigantischen Eisskulptur in der Form eines Flugzeugs stand, die auf einem Kristallständer auf einer weißen Tischdecke platziert worden war. „Er hat für seine Schwester weder Kosten noch Mühen gescheut."

„Ich habe jemanden sagen hören, dass sie seine einzige Familie ist", meinte ich und zeigte auf einen hohen Marmorsockel neben der Eisskulptur. „Was ist das für ein Goldball?"

„Lass es uns herausfinden." Er ließ meine Hand nicht los, während wir auf den Sockel zugingen. „Das sieht aus wie ... die Erde."

„Das ist wirklich schön." Ich begutachtete den vergoldeten Globus, über dem sich ein Golddraht spannte, auf dem ein Flugzeug über den Globus „flog". Auf dem Flugzeug stand „Alles Gute zum Geburtstag, Melinda" geschrieben.

„Offensichtlich eine Sonderanfertigung", sagte er und nickte einem anderen Pärchen höflich zu, die sich neben uns stellten, um das Kunstwerk ebenfalls zu bewundern. Danach gingen wir zu einem weiteren Ausstellungsstück. In einer Glasvitrine war eine antik aussehende Pilotenuniform ausgestellt. Auf der Bronzeplakette stand *Altmodische*

Pilotenuniform. „Ich frage mich, wo er die gefunden hat", meinte er.

Ich zuckte mit den Schultern. „Privatsammlung, höchstwahrscheinlich. Sehr schick."

Nick nickte und wandte sich mir zu. „Wie soll ich das nur toppen, falls ich jemals eine Party schmeiße?"

„Meine Eisskulptur soll bitte passend in *Fashionably Fit* gekleidet sein", sagte ich und lachte.

„Das merke ich mir", flüsterte er, sein Atem kitzelte die Haut hinter meinem Ohr. Dann berührte er mit seinen Lippen meine Haut in einem sanften Kuss. „Möchtest du tanzen?"

„Ja, sehr gerne", antwortete ich, während meine ganze Haut zu kribbeln begann. Ich konnte nicht glauben, wie sehr Nick mich beeinflusste. Ich hatte noch nie zuvor solch eine Verbindung mit jemandem gehabt und fühlte mich so glücklich. Gott sei Dank gab es Muffy.

Die Band fing an ihr nächstes schnelles Lied „California Girls" von Katy Perry zu spielen, die, wie ich schätzte, Melindas Lieblingssängerin war. Nick zog mich zu sich und wir begannen uns hin und her zu wiegen.

„Das ist kein langsames Lied", flüsterte ich.

Er fing an zu grinsen. „Zu jedem Lied kann man langsam tanzen, wenn man denjenigen mag, mit dem man tanzt."

Ich sah ihn durch meine Wimpern an. „Dann bin ich froh, dass wir langsam tanzen."

„Ich auch." Seine Augen suchten meine und ich fragte mich, was er wohl gerade dachte. „Ich muss dir etwas gestehen, Missy ... Der Großteil meines Lebens hat sich um die Arbeit gedreht; darum, der Konkurrenz einen Schritt voraus zu sein und das auch zu bleiben, aber wenn ich bei dir bin, verschwindet das alles."

Schmetterlinge flatterten in meinem Bauch. „Dein Geheimnis ist bei mir sicher."

Seine Mundwinkel zogen sich nach oben. „Perfekt."

„Wenn du nicht drei Anläufe beim Kleidungzusammenlegen gebraucht hättest, hätte ich gesagt, *du* bist perfekt", meinte ich und sah, wie die Farbe seiner Augen immer dunkler wurde. „Stattdessen sage ich einfach, dass du perfekt für mich bist."

Er hielt mich ein wenig enger an sich gedrückt. „Wir sind perfekt füreinander."

Ich blickte ihn durch meine Wimpern an, als er sich nach unten beugte und seine Lippen auf meine drückte, woraufhin ich das Gefühl bekam, dass mir in meinem Leben etwas gefehlt hatte und ich es nun gefunden hatte. Als er zurückwich, gab ich ein zufriedenes Seufzen von mir. „Wenn ich eine Kamera hätte, würde ich diesen Moment festhalten, um mich für immer an ihn zu erinnern."

„Das digitale Zeitalter zur Rettung", sagte er und holte ein Smartphone aus seiner Tasche. Dann hob er das Handy vor uns, drückte seine Wange an meine und wir lächelten für ein schnelles Selfie. In meinem Lächeln lag alles, was ich fühlte – wie viel Spaß ich mit Nick hatte, wie einfach und natürlich sich alles zwischen uns anfühlte und wie ich mich Hals über Kopf in ihn verliebt hatte. Zum ersten Mal glaubte ich wirklich daran, dass das, was wir hatten, echt war und dass wir auch auf längere Zeit gesehen als Paar funktionieren würden. Vielleicht sogar für immer. Er nahm das Handy wieder runter und zeigte mir das süße Foto. „Betrachte diesen Moment als festgehalten“, sagte er.

Mir wurde warm ums Herz. „Schickst du es mir?“

„Das wollte ich gerade machen“, meinte er, während er mit seiner Daumenfläche auf dem Smartphone tippte.

Ich starrte auf den Bildschirm und sah zu, wie die Nachricht an mich mit einem munteren *Zeeoop* verschwand. Ich wollte meinen Blick gerade abwenden, als ein Foto einer blonden Frau namens Kennedy Sinclair mit einer Nachricht aufploppte: *Ich habe meine Jacke gestern Abend bei dir liegen lassen. Kann ich kurz vorbeikommen und sie holen?*

Mein Herz rutschte mir in die Hose und in meinem Kopf ertönten Alarmglocken. Ich blinzelte und starrte die schöne Blondine an, die anscheinend letzte Nacht bei Nick zu Hause gewesen war. Er und ich hatten es niemals aussprechen müssen, dass wir ein Paar waren, da es so offensichtlich schien, dass wir für einander geschaffen waren. Gleichgesinnte. War es möglich, dass er sich mit einer anderen traf? Verdammt. Warum sonst sollte eine Frau nachts bei ihm sein, ohne, dass er es vor mir erwähnte? Mein Magen zog sich zusammen und es fühlte sich an wie das Mal, als ich herausgefunden hatte, dass mein Ex mich betrogen hatte – nur schlimmer.

Wenn ich ehrlich war, war bei meinem Ex immer etwas ein wenig komisch gewesen, aber bei Nick? Alle meine Gefühle für ihn schienen tief aus meinem Herzen und meiner Seele zu kommen. Ich hatte gedacht, er wäre perfekt für mich. Wir waren perfekt füreinander ... Seine Worte von vorhin hallten in meinem Kopf wider und lachten mich aus. Meine Augen brannten und mein

Gesicht wurde taub. Ich erinnerte mich daran, einen Zumba-Kurs von Kennedy im Totally Fit besucht zu haben. Warum hatte er nie erwähnt, dass sie bei ihm gewesen war?

Nick traf sich offensichtlich mit romantischen Hintergedanken mit ihr, was hieß, dass ich betrogen worden war. Erneut. Ein glühend heißes Stechen durchbohrte mein Herz. Ich hatte gewusst, dass ich mich nicht auf eine Beziehung hätte einlassen sollen. Warum hatte ich nicht auf meinen eigenen Ratschlag gehört? Das war mein letzter Gedanke, als mein Glück in tausend Teile zerbrach.

Ich ging vor dem Ganzkörperspiegel in dem Aufenthaltsbereich für Damen auf und ab. Der marineblau-goldene Teppich unter meinen Füßen verschluckte das Geräusch meiner High Heels. Ich blieb schließlich stehen, bevor ich den Teppich noch abnutzte und wandte mich wieder dem Spiegel zu. Um die Tränen zurückzuhalten, die immer wieder zu kullern drohten, blinzelte ich und atmete tief durch, da ich mein Pech einfach nicht fassen konnte.

Kennedy hatte letzte Nacht ihre Jacke in Nicks Apartment vergessen? Mit beiden Händen richtete ich das Oberteil meines trägerlosen schwarzen Kleids. Wie hatte ich es wieder soweit kommen lassen? Stimmte etwas nicht mit mir? Warum hatte jeder Kerl das Bedürfnis, fremdzugehen? War eine Frau nicht genug? Ich sah mir im Spiegel in die Augen, als ich bemerkte, wie mir neue Tränen in die Augen schossen und sich meine Kehle zusammenschnürte.

Es schien nicht möglich, dass mein Herz zum zweiten

Mal auf solch eine Weise gebrochen wurde. Meine schwarzen Locken schmiegten sich perfekt um mein Gesicht und mein Makeup war makellos. Mit einem meiner perfekten pinken Nägel berührte ich meine Schläfe und schob mir eine winzige Locke aus dem Gesicht.

Zumindest *sah* ich nicht so aus, als ob mir mein Herz zertrümmert worden wäre. Das war doch etwas.

„Ich liebe Ihr Kleid", sagte eine Frau und schenkte mir ein Lächeln.

„Vielen Dank." Ich grinste sie an, obwohl ich mich nicht danach fühlte und schlich mich aus der Tür.

Ich seufzte tief in dem Wissen, dass ich Nick gegenübertreten musste. Ich konnte mich (leider) nicht für immer in der Damen-Lounge verstecken. Ich meine, ich war bereits seit zwanzig Minuten hier. Was dachte er wohl gerade von mir? Aber ich wusste nicht, was ich ihm sagen sollte. Was musste gesagt werden, nachdem ich herausgefunden hatte, dass insgeheim letzte Nacht eine Frau bei ihm gewesen war? Naja, zumindest musste ich ihm sagen, dass es zwischen uns vorbei war. Ich würde – und *konnte* – nicht die andere Frau sein.

Ich setzte mein tapferes Gesicht auf, verließ die Lounge, wo Nick mir direkt davor entgegenkam, so als ob er sie gerade betreten wollte und ich knallte mit einem *Ufff* direkt gegen seine Brust.

„Entschuldige, ich dachte, du wärst noch immer bei der Band", sagte ich und bemerkte den besorgten Blick seiner unglaublich braunen Augen.

„Ich habe nach dir gesucht. Geht es dir gut?", fragte er.

Ähm, nein. „Ja, alles gut", log ich.

„Du hast aufgebracht gewirkt, als du davongestürmt

bist. Was immer auch los ist, ich bin für dich da." Er legte beide Hände auf meine Schultern und beugte seinen Kopf, um mir in die Augen zu sehen.

Ich wandte mich von seinem Blick ab. Wenn ich ihm in die Augen sah, verlor ich vielleicht noch diese Entschlossenheit, ihm zu sagen, dass es aus war. Ich holte tief Luft und sagte: „Nick, es ist vorbei."

„Was ist vorbei?"

„Das mit uns ist vorbei. Ich mache Schluss mit dir. Es tut mir leid", sagte ich, auch, wenn nicht ich diejenige hätte sein sollen, der es leidtat. Immerhin war nicht ich es, die sich mit jemand anderem traf. Mein Herz schmerzte und ich blinzelte, um keine Tränen zu vergießen. Ich würde nicht in der Öffentlichkeit weinen. Ich konnte weinen, wenn ich nach Hause kam, aber jetzt im Moment musste ich stark sein.

„Was ist los, Missy? Habe ich etwas falsch gemacht?" Seine Stimme wurde ein wenig lauter und ich sah ihm in die Augen.

Jetzt oder nie. Ich musste ehrlich sein. Mir zuliebe, zumindest.

„Ich mag es nicht, dass du mir Dinge verheimlichst", sagte ich, denn es fühlte sich nicht richtig an, ihm nicht die Wahrheit zu sagen. Ich wollte über meine Bedenken reden, aber ich wollte auch keine Ausreden oder Geschichten hören. Davon hatte ich genug gehört, als Kyle mit meiner Trauzeugin durchgebrannt war.

„Was habe ich vor dir verheimlicht?", fragte er und wirkte beunruhigt, aber auch ungläubig, als er sein Gewicht verlagerte, meinen Arm nahm und mich sanft von dem Strom der Leute wegzog.

„Das ist nicht wichtig", sagte ich, da es keinen graziösen Weg gab, dieser Frage auszuweichen. Mein Herz brach in meiner Brust und ich schluckte den Schmerz herunter, während ich alles ansah, nur nicht ihn. „Was wichtig ist, ist, dass das mit uns vorbei ist. Das ist das Entscheidende."

Er geriet ins Schwanken. „Missy, als ich gemeint habe, dass wir perfekt zusammen sind, habe ich das auch so gemeint."

„Ich auch", sagte ich, als ein stechender Schmerz mein Herz zerschnitt. Das war schlimmer, als ich gedacht hatte; schlimmer, als es mit Kyle gewesen war. Zumindest war Kyle ehrlich gewesen, als ich ihn konfrontiert hatte.

„Also woher kommt das dann alles?" Er fuhr sich mit einer Hand durch seine Haare und deutete dann mit der anderen auf die Party. Der Rhythmus der Musik pochte und die Geräusche der Leute, die sich unterhielten, lachten und Spaß hatten, erfüllten meine Ohren. „Gerade eben noch waren wir glücklich und hatten Spaß. Alles war perfekt. *Was ist passiert?*"

„Sag du's mir." Ich starrte zu ihm hinauf und verschränkte meine Arme. „Warum war Kennedy Sinclair gestern Abend bei dir zu Hause? Ich habe ihre Nachricht gesehen, dass sie ihre Jacke bei dir vergessen hat."

„Ach, darum geht es hier also?", fragte er, sichtlich erleichtert.

„Ich weiß, wer Kennedy ist. Sie ist eine Zumba-Trainerin im Totally Fit. Ich war bei einem ihrer Kurse."

„Okay ..."

„Chefs lassen ihre Angestellten nicht zu sich nach Hause kommen, besonders nicht nachts", sagte ich und sprach das

Offensichtliche aus. Eine Frau ging an uns vorbei, die auf dem Weg zur Damen-Lounge war. Sie beäugte Nick argwöhnisch, nachdem sie zufällig gehört hatte, was ich gesagt hatte. Wie peinlich. Als sich die Tür hinter ihr schloss, fragte ich Nick direkt: „Also, warum war sie bei dir?"

Über seinem rechten Auge zuckte ein Nerv. „Das kann ich dir nicht sagen."

„Warum nicht? Du verheimlichst mir *doch* etwas."

Seine Lippen formten sich zu einer dünnen Linie. „Es gibt einen Grund, aber ich kann ihn dir nicht sagen, Missy. Ich schwöre dir aber, dass ich nicht auf diese Weise an Kennedy interessiert bin. Sie ist eine Angestellte. Mehr nicht."

Was genau dem entsprach, was jemand sagen würde, der fremdging, oder? „Also kennt Kennedy den Grund und ich nicht? Warum sollte das der Fall sein, wenn nichts zwischen euch läuft?"

Seine Brauen zogen sich über seinen Augen nach unten. „Du musst mir einfach vertrauen, dass ich einen guten Grund habe."

Ich wollte ihm vertrauen, das wollte ich wirklich, aber es gab alle Anzeichen für Untreue – und die Tatsache, dass er Kennedy vertraute und mir nicht, tat wirklich weh. Meine Augen tränten und meine Gedanken rasten, während ich einen triftigen Grund dafür zu finden suchte, dass sich eine Frau in der Wohnung ihres Chefs aufhalten sollte. Mir fiel nichts ein.

„Du hast mir in der Oper etwas gesagt, das mich beruhigt hat", meinte ich und erinnerte mich so klar an dieses erste Date, als ob es gestern gewesen wäre. „Du hast gemeint, dass echte Männer nicht fremdgehen, aber hier bist du nun und triffst dich heimlich mit Kennedy."

Er schüttelte den Kopf. „Du hältst mich wirklich für den Bösewicht, oder?"

„Tu ich das? Du musst es aus meiner Sicht betrachten." Ich blinzelte die Tränen zurück und tippte mit meiner Fingerspitze auf meine Wange. „Wir haben uns getroffen und du hast dir gedacht, ich könnte dir helfen, dein Geschäft zu expandieren. Du wolltest, dass ich für dich modle, nachdem ich dir gesagt hatte, dass ich aufgehört und dieses Leben hinter mir gelassen hatte. Nun stellt sich heraus, dass du und Kennedy eine sehr enge Beziehung miteinander führt und sie deine Geheimisse für sich behält. Das ist ein weitaus engeres Verhältnis, als ein Chef und eine Angestellte haben sollten ... meiner Meinung nach."

Er wirkte, als wäre er bereit, an die Decke zu gehen, aber ich war noch nicht fertig. „Missy, ich –"

„Also von hier drüben aus, in meinen High Heels, sieht es so aus, als ob es eine glänzende Geschäftsmöglichkeit gewesen ist, während du die Frau, an der du wirklich interessiert bist, an deiner Seite behalten hast." Es fühlte sich an, als ob Stacheldraht mir den Hals zuschnürte, woraufhin ich meine letzten Worte nur schmerzerfüllt und beinahe gar nicht herausbekam. Ich hasste es, das zuzugeben, aber dieses Szenario machte Sinn.

„Das denkst du also von mir?", fragte er und klang zum ersten Mal wütend. Ich hatte noch nie gehört, dass Nick sauer auf mich war und dieses Gefühl war zermürbend – allerdings nicht so zermürbend, wie hinters Licht geführt zu werden. „Kannst du mir nicht einfach vertrauen? Ich bin nicht Kyle. Ich bin nicht dein schäbiger, untreuer Ex."

Mein Herz schrie mich an, ihm zu vertrauen, aber mein Verstand flüsterte, dass die Anzeichen dafür, dass er mich betrogen hatte, offensichtlich waren. Es war ja nicht so, als ob er bereit war, mir einen Grund dafür zu geben, weshalb sie bei ihm gewesen war, obwohl er behauptete, dass es einen gab. „Du weißt, dass ich betrogen wurde. Wenn du nicht dasselbe getan hast, würdest du dann nicht rechtfertigen, was sie bei dir gemacht hat?"

„Warum sollte ich dir den Grund sagen müssen, wenn ich nichts falsch gemacht habe? Ich bin nicht derjenige, der dich verletzt hat und ich sollte nicht für die Fehler von jemand anderem büßen müssen."

Wow. Er verstand es wirklich nicht, oder? „Hast du mir überhaupt zugehört?"

„Ja und ich bin fertig damit, zuzuhören." Er schüttelte seinen Kopf und gab ein freudloses Kichern von sich. „Komm, wir gehen. Ich bringe dich nach Hause."

Mein Magen verknotete sich. „Nein, danke. Ich nehme lieber ein Taxi."

Und mit einem letzten Blick schlenderte ich auf meinen High Heels gelassen davon, drehte mich kein einziges Mal um und ließ ihn niemals wissen, wie sehr er mein Herz gebrochen hatte.

KAPITEL DREIZEHN

Am Montag der darauffolgenden Woche hoffte ich, dass mir mein morgendlicher Kaffee nach einer Nacht, in der ich fürchterlich geschlafen hatte, helfen würde, einen klaren Kopf zu bekommen und mich damit abzufinden, Nick zu verlieren. Die letzten neun Tage ohne Nick war es mir elend ergangen. Er hatte mich nicht angerufen und mir auch nicht geschrieben. Nicht, dass er das sollte. Ich meine, ich war ziemlich deutlich gewesen, aber aus irgendeinem Grund störte es mich trotzdem. In meinem Kopf war ich die gesamte Freitagnacht tausend Mal durchgegangen und hatte mir versichert, dass ich die richtige Entscheidung getroffen hatte.

Warum fühlte sich also alles so falsch an?

Ich ging ein wenig schneller, während meine pinken High Heels auf dem Bürgersteig klackten. Die Morgenluft hauchte durch mein Haar und ich atmete tief durch, so als ob das vielleicht gegen den Schmerz helfen würde, der gerade meine Brust erdrückte.

Die Zusammenfassung war einfach: Ich hatte ihm

gesagt, dass ich es nicht mochte, dass er sich hinter meinem Rücken mit einer anderen Frau traf und doch hatte er mir keine Erklärung geboten, warum sie denn an diesem Abend bei ihm zu Hause gewesen war. Also war ich gegangen. Ich meine, welche vernünftige Frau bei klarem Verstand würde bleiben, um sich mehr davon gefallen zu lassen?

Die Trennung lediglich auf die Worte herunterzubrechen half mir, mit der emotionalen Niedergeschlagenheit, dem seelenzertrümmernden Leid wieder hintergangen worden zu sein, dem Selbstzweifel und der Traurigkeit umzugehen, denn vor dieser dummen Nachricht hatte alles so perfekt gewirkt.

„Hast du geschlafen?", fragte Courtney und sah mich beunruhigt an, als ich auf den Kaffeewagen zu kam. „Du hast echt tiefe Augenringe. Entschuldige, ist mir nur aufgefallen."

„Nicht genug", sagte ich und stellte mich an die Seite, während sie einem anderen Kunden bei seiner Getränkebestellung half. Wie sonst auch wartete eine Schar an Leuten dort, aber ich stand da und war mir vollkommen bewusst, dass ihr Kaffee das Warten wert war.

„Oh-oh. Ist etwas mit Nick passiert?", fragte sie und sah mich mit besorgtem Blick an.

„Weshalb denkst du das?" Ich zuckte mit den Schultern, da ich meine Probleme nicht vor einer Schlange voller schläfrig aussehenden Fremden besprechen wollte, die nach ihrer täglichen Dosis Koffein suchten. Es schien nicht richtig, jemanden vor seiner ersten Tasse Kaffee zu deprimieren.

„Gib mir drei Minuten", sagte sie und drehte sich lächelnd der Person zu, die zwei Plätze vor mir stand.

Nach ein paar Minuten trat ich nach vorn und bestellte einen Kaffee, schwarz.

„Jetzt weiß ich, es ist ernst. Du bestellst ihn nie schwarz. Du *magst* deinen Kaffee nicht einmal schwarz. Ich bereite dir einen halben Liter fettfreien Latte mit einem Schuss zuckerfreier Vanille und einer Prise Zimt zu, während du mir erzählst, was wirklich passiert ist."

„Es ... hat einfach nicht funktioniert", sagte ich, wollte wieder zurück in mein Bett und mich unter der Decke verkriechen, damit ich in mein Kissen weinen konnte ... aber ich musste schon bald bei der Arbeit erscheinen.

„Warum? Was ist passiert?", fragte sie und drückte den Kaffeesatz fest. „Ich will nicht klischeehaft klingen, aber ihr habt wie perfekt füreinander gewirkt."

„Er hat eine Textnachricht bekommen. Von einer Frau. Ich glaube, er trifft sich mit einer anderen."

Sie schnaubte. „Oh, warte. Das meinst du ernst?"

„Leider ja." Ich nickte, während sie zögerte, mich anstarrte und die dampfende Milch unter ihrem Aufschäumer vergaß. „Ich wünschte, es wäre nicht so, aber so ist es eben."

„Was hat er getan, damit du das denkst?", fragte sie, goss die Milch zum Kaffee in dem To Go-Becher und gab dann die aufgeschäumte Milch oben drauf.

„Ich habe die Nachricht der Frau gelesen", sagte ich und hatte plötzlich das Gefühl, als ob es so klang, auf frischer Tat ertappt worden zu sein. „Sie hat geschrieben, dass sie ihre Jacke bei ihm vergessen hat."

Sie nahm sich eine kleine Gewürzdose und gab eine

Prise Zimt oben auf den Milchschaum, bevor sie mir das Getränk in die Hand drückte. „Geht heute aufs Haus."

„Oh, nein. Dein Kaffee ist es wert, bezahlt zu werden." Ich reichte ihr das Geld.

„Warte mal kurz." Courtney nahm die Bestellung des nächsten Kunden an und bereitete dann einen weiteren Becher Kaffee To Go zu. „Also hast du Nicks Nachrichten durchgeschaut?"

„Oh, nein. Das würde ich niemals machen", meinte ich und dachte mir, wenn ich das Handy eines Typen durchsuchen würde, würde ich ihm offensichtlich nicht vertrauen – aber ich hatte Nick vertraut, was einer der Gründe war, weshalb unsere Trennung sich für mich noch immer nicht richtig anfühlte. „Er hat ein Selfie von uns gemacht und die Nachricht ist aufgeploppt, als wir uns das Bild angesehen haben."

„Oh, puh. Ich wollte schon sagen, Mädchen, du hast größere Probleme als ihm nicht zu vertrauen, wenn du sein Handy durchsuchst." Sie lachte und reichte dann mit einem Lächeln der nächsten Frau ihren Kaffee. Zum Glück gab es eine Flaute, weshalb nun nur noch wir beide dort standen. „Missy, ich hasse es, die zu sein, die dir das sagt, aber du musst mit Nick aufs Ganze gehen."

„Was soll das heißen? Das habe ich."

„Nein, ich meine aufs *Ganze*", sagte sie und sah mich mit erhobener Augenbraue an. „Hat er dir jemals einen Grund gegeben, an ihm zu zweifeln?"

„Naja, nicht, bis ich die Nachricht gesehen habe, ... aber –"

„Er ist ein guter Kerl, Missy. Vertrau mir. Du weißt, die Vollpfosten, die ich sehe, kommen jeden Tag hier vorbei."

Sie legte eine Hand auf meinen Unterarm. „Du hast offensichtlich Gefühle für ihn und ich merke, dass er dasselbe für dich empfindet. Ich glaube nicht, dass du Angst hast, dass er sich mit jemand anderem trifft, sondern ich glaube, du hast Angst, weil du schon einmal verletzt wurdest."

„Ich weiß nicht", sagte ich und dachte über das nach, was sie gerade gesagt hatte. Ich wollte tatsächlich nicht nochmal verletzt werden. „Aber die Nachricht hat ihn in einem wirklich schlechten Licht dastehen lassen."

„Hast du ihm die Chance gegeben, sich zu erklären?", fragte sie und trat nach vorn an den Tresen, um ein paar weitere Bestellungen entgegenzunehmen.

„Ja, aber er hat sich geweigert."

„Warum?"

Ich zuckte mit den Schultern. „Er hat gesagt, er habe seine Gründe und dass ich ihm vertrauen sollte – aber ist das nicht genau das, was jemand sagen würde, der fremdgeht?"

„Sag du's mir. Ist das das, was dein Ex gesagt hat?"

„Naja, nein. Er hat es die paar Male abgestritten, als ich Vermutungen hatte und es dann zugegeben, als er direkt erwischt wurde."

„Siehst du", sagte sie nachdrücklich, kümmerte sich um eine neue Bestellung und lächelte den Mann an, bevor die Espressomaschine einmal mehr zu brummen begann. „Nick ist nicht Kyle. Er betrügt nicht. Das weißt du und das weiß ich auch. Was immer auch hinter dieser Nachricht steckt, ich bin mir sicher, dass es dafür eine triftige Erklärung gibt. Gib ihm die Chance, dir zu sagen, was immer dieser Grund auch sein mag. Schau, wie unglücklich du bist."

„Vielleicht bin ich unglücklich, weil wir schlussgemacht haben", sagte ich und fing an zu realisieren, dass das vielleicht gar nicht der Wahrheit entsprach.

„Oder vielleicht bist du unglücklich, weil du ihn liebst und du weißt, dass du ihn von dir weggestoßen hast."

Ich blinzelte. „Habe ich das?"

„Sag du's mir", meinte sie und warf mir einen langen, weichen Blick zu.

Es gab eine längere, stille Pause und Tränen schossen mir in die Augen. „Habe ich nach einer Ausrede gesucht, um Nick von mir zu stoßen? Hatte ich solche Angst, wieder verletzt zu werden?"

„Nur du kennst die Antwort darauf", sagte sie.

Eine einzelne, heiße Träne lief meine Wange hinunter und mir fiel eine Last von den Schultern. „Ich – ich habe das bis jetzt nicht einmal realisiert, aber du hast vielleicht recht."

„Es ist schwer, sein Herz voll und ganz zu öffnen. Glaub mir, ich weiß das. Seit fünf Jahren geschieden und seitdem noch immer kein Date gehabt. Du bist mutiger, als du denkst."

„Oh, Courtney ..." Ich klatschte mir mit meiner Handfläche gegen die Stirn, als ich begriff, dass sie voll und ganz recht hatte. „Vielen, vielen Dank, dass du mir das klargemacht hast. Ich habe das Gefühl, als hätte ich alles durcheinandergebracht."

„Sei nicht zu hart zu dir. Liebe kann manchmal schwierig sein, aber sie kann es eben auch wert sein. Ich habe es mit meinen eigenen Augen passieren sehen. Genau wie du. Denk an deine Freunde, die in einer glücklichen

Beziehung sind. War es ein reibungsloser Weg, um dorthin zu kommen, wo sie jetzt sind?"

Ich dachte an meine gute Freundin Claire und die Liebe ihres Lebens, Alex. Sie hatte wortwörtlich ein Jahrzehnt auf ihn gewartet und nun waren sie mehr als nur glücklich. „Was soll ich nur machen, Courtney?"

„Du musst los und dir deinen Mann schnappen."

Mein Magen knurrte besorgt, als ich realisierte, dass sie recht hatte. „Was, wenn er mich nicht zurücknimmt?"

„Du bist eine kluge Geschäftsfrau. Ich bin mir sicher, dass du weißt, wie du bekommst, was du willst."

Und was ich wollte, war Nick. Ich dankte ihr und umarmte sie kurz. Dann, mit meinem Kaffee in der Hand und erhobenem Haupte, machte ich mich auf den Weg zu *Fashionably Late*.

KAPITEL VIERZEHN

Ein paar Minuten später kam ich an meiner gehobenen Modeboutique an und sah Michelle, die vor der Tür stand und auf mich wartete. „Du bist zu spät", sagte sie.

„Was glaubst du, wie ich auf den Namen für meinen Laden gekommen bin?", scherzte ich und deutete nach oben auf das *Fashionably Late*-Schild. „Danke, dass du mir angeboten hast, mir zu helfen, den Laden umzuräumen, um ihn für die Pressekonferenz vorzubereiten."

„Gern geschehen, aber im Gegenzug dafür musst du mir sagen, was mit dir los ist. Du scheinst in letzter Zeit so ruhig zu sein", sagte sie und öffnete die Tür. Ich hatte ihr nichts von Nick erzählt, hauptsächlich weil ich ein schlechtes Gewissen hatte, sie von ihrer Schreibarbeit loszureißen, da sie scheinbar schließlich etwas Inspiration gefunden hatte. „Fang an und erzähl mir alles."

„Lass uns erstmal reingehen", sagte ich, als wir das Geschäft betraten, in dem sich Lisa bereits befand, die einer Kundin half.

„Okay, wir sind drinnen." Michelle schloss die Tür hinter uns. „Was ist los?"

Ich seufzte und schob mir eine Locke hinters Ohr. „Ich wollte dich nicht mit meinem Problem stören, da du so mit Schreiben beschäftigt warst. Ich wusste, dass du eine Schreibblockade hattest –"

„Schhtt! Das darfst du nicht laut aussprechen. Das bringt Unglück", sagte sie, hob ihre Arme und duckte sich, so als ob sie versuchte, einen unsichtbaren Schreib-Gegner oder ähnliches abzuwehren.

„Okay", sagte ich und verkniff mir ein Lachen. „Ich wollte dich nicht nerven, da ich wusste, dass du ... Probleme damit hattest, dir die richtigen Worte für dein Buch einfallen zu lassen ...?"

Sie drückte ihre Lippen in Richtung Nase und nickte. „Das ist schon besser. Red' weiter."

Ich seufzte erleichtert. „Die Worte schienen bei dir in der letzten Woche zu fließen und ich wollte deinen Flow nicht unterbrechen, indem ich dir von meinen schlechten Neuigkeiten erzähle. Wie läuft es mit dem Buch?"

„Fantastisch. Du hast meine Muse inspiriert."

„Ich?"

Sie nickte. „Deine Liebesgeschichte mit Nick hat mich dazu inspiriert, eine moderne Märchen-Romanze zu schreiben", sagte sie lächelnd. „Die Worte kamen noch nie so schnell und leicht. Also ... danke an euch beide für eure Verbindung und Inspiration."

„Nick und ich haben uns letztes Wochenende getrennt", platzte es aus mir heraus, bevor ich hinüber zu einem Kleiderständer ging, den ich verschieben musste und begann, die Kleidung abzuhängen.

Sie schnappte nach Luft und kam auf die andere Seite des Ständers gelaufen, um mir zu helfen. „Oh nein! Das muss die Woche der Trennungen sein, denn Krista und Lance haben auch schlussgemacht."

„Ist das der Feuerwehrmann, der mit Lucys Freund zusammenarbeitet?", fragte ich.

„Ja, anscheinend hatten sie nichts gemeinsam. Zu schade, er hat nett gewirkt. Man kann es allerdings nicht erzwingen, wenn da nichts ist. Was ist zwischen dir und Nick passiert?"

„Das ist keine schöne Geschichte", sagte ich und legte einen Arm voll Kleidung auf einen Übergangs-Ständer, den ich letzte Nacht herausgeholt hatte, um mir an diesem Morgen zu helfen. „Er und ich sind letzten Freitagabend auf eine Privatparty eingeladen gewesen, die von dem Onkel des Jungen veranstaltet wurde, dessen Welpen ich gerettet habe."

„Onkel. Junge. Welpe. Party. Verstanden. Red' weiter", sagte sie und hing ein paar Blusen auf den temporären Kleiderständer.

„Wir haben uns amüsiert und alles war in Ordnung, aber dann hat er ein Selfie von uns gemacht und als wir es uns angesehen haben, hat er eine Nachricht von einer Frau bekommen, in der stand, dass sie ihren Mantel bei ihm liegengelassen hat."

„Oh, nein." Michelle hielt inne und wirkte erstaunt. „Das habe ich nicht kommen sehen."

„Ich auch nicht", versicherte ich ihr.

Auf einmal schnipste sie mit ihren Fingern und warf mir einen hoffnungsvollen Blick zu. „Unerwartete Wendung: es war seine Schwester, die ihn besucht."

Ich schüttelte meinen Kopf. „Sie ist eine seiner Angestellten aus dem Totally Fit. Eine hübsche, blonde Zumba-Trainerin." Ich hob meine Schultern, als sie ihren Arm voll Kleidung auf den zusätzlichen Kleiderständer legte. Zusammen hoben und verschoben wir den anderen an seinen neuen Platz an der Wand.

Sie rümpfte ihre Nase. „Das lässt nichts Gutes erahnen."

„Courtney sagt, dass ich ihm vertrauen muss, da er mir noch nie einen Grund gegeben hat, ihm *nicht* zu vertrauen."

„Macht Sinn. Ich meine, bis auf diese Frau in seinem Apartment", sagte Michelle und hob ihre Augenbrauen. „Aber wenn es noch nie ein Warnsignal gab und er ein ehrlicher Mensch ist, dann muss es eine Erklärung geben. Vielleicht sind sie gute Freunde?"

„Warum würde er mir das dann nicht einfach sagen?"

„Guter Punkt. Was hat er denn gesagt, warum sie bei ihm war? Hast du gefragt?"

„Er hat gemeint, er könnte es mir gerade nicht verraten." Ich zog den Roll-Kleiderständer zu mir hinüber und begann, die Kleidung wieder aufzuhängen. Michelle eilte zu mir, teilte den Stapel und half mir beim Aufhängen. „Er hat gesagt, dass es nicht das ist, wonach es aussieht. Ich war einfach so überrascht, ihr Foto auf dem Bildschirm zu sehen und dass sie ihre Jacke vergessen hat, aber er nie erwähnt hatte, dass sie Freunde waren oder sie bei ihm gewesen ist. Ich habe Panik bekommen. Ich konnte in der Situation einfach keine Vernunft annehmen, weißt du?"

Sie nickte. „Ja, das verstehe ich."

Ich seufzte. „Courtney findet auch, ich sollte ‚aufs

Ganze' gehen, so wie sie es formuliert hat. Sie denkt, dass ich mich ihm nicht völlig geöffnet habe und damit hat sie vielleicht recht." Wir machten uns über den nächsten Kleiderständer her. Diesmal nahmen wir die gefaltete Kleidung vom Ständer und stapelten sie ordentlich in einen Karton. Ich war dankbar für Michelles Hilfe und Gesellschaft. „Danke, dass du hier bist."

„Na klar, Missy. Mir gefällt ihr Ratschlag, aufs Ganze zu gehen." Sie legte eines der gefalteten Oberteile neu zusammen und versuchte, die Faltlinie darin zu richten. Die Bewegung erinnerte mich daran, wie Nick Kleidung faltete, woraufhin mein Herz stumpf zu schmerzen begann.

„Deshalb war ich die ganze Woche so ruhig. Was ist mit dir? Wie geht es dir?"

„Weißt du, was ich mir gerade gedacht habe? Vor dieser Woche bin ich mit meinem Buch auch nicht ‚aufs Ganze' gegangen."

„Was meinst du damit?", fragte ich.

„Naja ..." Sie zögerte, öffnete und faltete das Oberteil neu, während ich einen weiteren sauber zusammengelegten Stapel in den Karton legte. „Ich habe versucht, eine Geschichte zu schreiben, die sich meiner Meinung nach gut verkaufen würde."

„Und das ist ein Problem?", fragte ich und verstand nicht ganz. Ich musste ebenfalls Dinge kaufen, von denen ich dachte, dass sie sich gut verkaufen würden. „So läuft das Geschäft."

„Stimmt." Sie nickte und legte ein Oberteil zur Seite. „Aber so funktioniert meine Muse einfach nicht. Sobald ich mich von Herzen auf eine Geschichte konzentriere, kommen die Worte wie von allein. Werde ich damit Geld verdienen? Wer weiß? Man nennt Leute wie mich nicht ohne Grund hungernde Künstler."

Ich schenkte ihr ein kleines Lächeln. „Ich liebe das, was du schreibst und kann es gar nicht abwarten, dein Buch zu lesen."

Sie zuckte mit den Schultern. „Schreiben ist ein Vertrauensvorschuss – dass anderen die Geschichte in deinem Kopf gefallen wird, die du für sie aufgeschrieben hast, aber es muss bei mir von Herzen kommen, sonst kommt es gar nicht."

„Da hast du recht", sagte ich und dachte mir, dass alles von Herzen kommen sollte, natürlich. Obwohl ich Kleidung bestellt hatte, die sich gut verkaufen lassen würde, ging ich sicher, dass mein Herz jeder Entscheidung zustimmte. Ich musste vollkommen an alles glauben, was ich in meine Regale legte. „Ich werde Courtney sagen müssen, dass sie mit uns beiden recht gehabt hat", scherzte ich und Michelle musste kichern.

„Tut mir leid, dass ich die abgeschweift bin. Das war solch ein guter Ratschlag, dass ich einfach einstimmen musste, wie er sich auf mein Leben bezieht", sagte sie und sortierte den Stapel von Oberteilen ordentlich nach Farbe.

„Du musst dich nicht entschuldigen. Ich bin wirklich stolz auf dich." Ich reichte ihr einen weiteren Stapel mit Shirts. Sie legte sie neben den Stapel, den sie bereits perfekt geordnet hatte.

„Stolz auf mich?", fragte sie und klang überrascht. „Warum?"

„Du hast die ganze Zeit damit gekämpft, aber du hast nie aufgegeben." Ich lächelte, aber gleichzeitig tat sie mir ein wenig leid. Sie hatte nun eine ganze Weile lang ihr

Bestes gegeben, aber kein Glück gehabt. „Du hast herausgefunden, wie du von ganzem Herzen schreibst und du ziehst es durch. Aufs Ganze. Ich bin stolz auf dich.“

Sie nickte.

„Ich muss tapfer sein, so wie du.“ Ich warf Michelle einen Blick zu, während ich mir auf die Unterlippe biss. „Ich habe mich in Nick verliebt. Ich möchte, dass er meine Zukunft ist.“

Meine Freundin lächelte mich an. „Ich werde also Courtneys Ratschlag bekräftigen und sagen, dass du ihm nachgehen musst.“

Ich nickte, biss mir auf die Unterlippe und fragte mich, wie Nick nun zu mir stand. Es gab nur einen Weg, das herauszufinden: Ich musste aufs Ganze gehen.

KAPITEL FÜNFZEHN

Am frühen Nachmittag sah *Fashionably Late* wie ein völlig anderer Ort aus. Der Laden war nicht nur vollkommen anders dekoriert und mit Leuten überfüllt, sondern es waren auch überall Reporter. Vorhin war ich gerade im Hinterzimmer gewesen, als Kennedy aus dem Totally Fit vorbeigekommen war und Michelle ein Fashionably Fit-Musteroutfit vorbeigebracht hatte.

Kennedy hatte Michelle erzählt, dass Nick dieses Muster von Claire als eine Überraschung für mich hatte entwerfen lassen, damit ich mehr als nur die Entwürfe der neuen Modelinie auf der Pressekonferenz vorzeigen konnte. Kennedy hatte Michelle auch erzählt, dass, als sie die Entwürfe per Express-Sendung von meiner Freundin Claire Davenport aus Blue Moon Bay erhalten hatte, sie sie eilig zu Nick gebracht hatte. Auf diesem Weg konnte er sich ein Outfit aus den Mustern aussuchen und sie konnte das Design dann zu der Schneiderin bringen, da sie eine kurze Frist hatten, das Musteroutfit anfertigen zu lassen.

Ich wollte meine Stirn gegen die Kasse schlagen, als

Michelle mir das erzählt hatte, da das für den guten Grund sprach, weshalb Nicks Angestellte bei ihm zu Hause gewesen war: eine Überraschung für mich. Alles, was ich nun tun konnte, war, mich Nick zu stellen und mich zu entschuldigen. Was danach passierte, blieb ihm überlassen, aber ich musste diesmal aufs Ganze gehen.

Ich hob mein Kinn, bereit, mich der Menschenmasse zu stellen, aber meine Aufregung darüber, mein Geschäft auf diesem Wege zu expandieren, war gedrückt, da ich diese Freude nicht mit Nick hatte teilen können. Meine Nerven waren angespannt, weil ich Nick bald sehen würde, aber ich konzentrierte mich auf meine bevorstehende Rede. Ich trat nach vorn und winkte dem Ansager von Sacramento Social Scene (aka: Triple S) zur Begrüßung zu.

Dann entdeckte ich Nick, der mich zu sich hinüberwinkte.

Ich ging hinüber, um Nick gegenüberzutreten, während mein Herz in meiner Brust pochte. „Hallo", sagte ich lahm und fragte mich, ob ich nun damit anfangen sollte, mich zu entschuldigen oder ob ich warten sollte, bis wir ein wenig Privatsphäre hatten. Um ehrlich zu sein war ich mir, nachdem ich diese braunen Augen gesehen hatte, nicht sicher, ob ich noch länger warten konnte.

„Wir müssen reden", sagte er, bevor ich etwas sagen konnte. Seine braunen Augen blickten zwischen meinen hin und her und ich konnte den Schmerz in ihnen immer noch sehen. „Es ist wichtig."

„Okay", sagte ich. Oh, nein. In meinem Kopf liefen alle möglichen schlimmsten Szenarien ab. Er würde mir nicht nur sagen, dass ich ihm nicht mehr wichtig war, sondern auch, dass er nicht mehr mit mir zusammenarbeiten wollte. Nicht, dass ich ihm das übelnehmen konnte. „Möchtest du, ähm, jetzt reden?"

„Und ein kleines Vögelchen hat mir gezwitschert, dass Missy Peters im Haus ist", sagte der Triple S-Ansager, der das Mikrofon vor sein Kinn hielt. „Missy Peters, bitte treten Sie nach vorn, Ihre Gäste warten – und diese Gäste wären unter anderem auch meine Wenigkeit, Frankie Brown, der ebenfalls im Haus ist!"

Die Menge lachte und klatschte.

„Sorry", sagte ich und schenkte Nick ein erzwungenes Lächeln, bevor ich die Bühne betrat. Sein verletzter Blick blieb mir allerdings im Kopf und ich versuchte, ihn aus meinen Gedanken zu bekommen.

„Hier ist sie, meine Damen und Herren. Endlich!", sagte Frankie und reichte mir mein eigenes Mikrofon.

„Was soll ich sagen?", fragte ich den Ansager. „Ich bin immer *Fashionably Late*."

Er lachte. „Oh, nein. Das hat sie nicht gemacht."

„Oh, doch, habe ich", sagte ich, schenkte allen ein Superstar-Lächeln und winkte ihnen.

„Hey, Missy", sagte Frankie und sah sich auf übertriebene Weise um. „Ich glaube, ich habe Nick Zambini hier gesehen, den Besitzer des Totally Fit – und Mitinhaber der neuen *Fashionably Fit*-Modelinie, von der wir alle schwärmen. Wo versteckt er sich denn? Lasst ihn nicht aus der Hintertür abhauen, Leute."

„Er ist hier", sagte ich und zwang mir ein Siegerlächeln auf, selbst, als meine Nerven blank lagen.

„Nick, Sie kommen wohl mal besser hier hoch. Ihre Fans warten", meinte Frankie, als die Menge klatschte und sich für einen modisch gekleideten Nick teilte. Er eilte mit einem Lächeln für den Conférencier und das Publikum und trotz der Verletztheit, die noch immer in seinem Blick lag, auf die Bühne. Der Sprecher reichte ihm ein Mikrofon.

„Hallo zusammen", sagte Nick und sah in die Menge. „Danke, dass Sie gekommen sind. Das bedeutet mir viel."

Die Leute jubelten und pfiffen, offensichtlich verliebt in Nick. Ich konnte es ihnen nicht verübeln.

„Nun, kommen wir zum Geschäftlichen." Frankie wandte sich mir zu. „Als erstes, Missy, erzählen Sie uns davon, wie es ist, ein Supermodel zu sein."

„Naja", sagte ich und lächelte in die Menge. Ich konnte Michelle unter den Leuten sehen und sie zeigte mir einen hochgereckten Daumen. Sie war jedoch nicht das einzige Gesicht, das ich kannte. Ich zwinkerte meinen anderen Freunden Lucy und Jake, Hannah und Krista, Abigail und Cooper zu und selbst Claire und Alex hatten es zu dem Anlass hierhergeschafft. „Zu modeln ist harte Arbeit und es macht Spaß, aber manchmal können die Arbeitszeiten schwierig sein und das ganze Reisen bringt den Schlaf ziemlich durcheinander. Manchmal vermisse ich es allerdings. Wer weiß, vielleicht wird es ja ein Foto-Shooting für *Fashionably Fit* geben."

„Ist das ein Versprechen?", fragte Frankie. „Wir vermissen Ihre Arbeit."

„Das ist ein eindeutiges Vielleicht", entgegnete ich und zwinkerte ihm zu.

„Na gut", sagte er und nickte dem Publikum zu. „Nach dem Modeln haben Sie sich also entschieden, sich hier in Sacramento niederzulassen, um anderen Leuten zu helfen, bereit für den Laufsteg auszusehen?"

„Das gefällt mir, Frankie! Das muss ich als Slogan

verwenden", sagte ich mit einem Lachen. „Mein Motto ist es, den Leuten zu helfen, bestmöglich auszusehen und sich auch so zu fühlen. Kommen Sie zu *Fashionably Late*, um Outfits von Kopf bis Fuß zu finden – *head to toe, so you're ready to go.*"

Die Menge tobte wie wild, ich wandte mich dem Triple-S-Reporter zu und war mir sicher, dass das hier gut lief.

In der ersten Reihe bemerkte ich Kennedy, die dort mit einem Mann stand, der einen Arm um sie gelegt hatte, während er ihr leise ins Ohr flüsterte – ein Mann, der offensichtlich ihr Freund zu sein schien. Ich kämpfte damit, mein Lächeln aufrecht zu erhalten, obwohl ich mich wie ein eifersüchtiger Vollidiot fühlte. Ups.

„Sie sind bezaubernd, Missy", sagte Frankie. „Und nun ermöglichen Sie allen, sich so phänomenal zu kleiden, wie Sie selbst. Was für ein Konzept, dass jeder von uns ein Supermodel sein kann", sagte er, zögerte dann und wartete darauf, dass die Menge aufhörte zu jubeln und zu pfeifen. Als sich alle schließlich etwas beruhigten, wandte er sich mir zu. „Ich werde eine Menge Ärger bekommen, wenn ich das nicht frage, also sagen Sie mir die Wahrheit: Treffen Sie sich mit jemandem, Missy?"

„Sind *Sie* single?", fragte ich.

Seine Augen wurden groß. „Für Sie, meine Süße, wäre ich sowas von single, aber ich befürchte, dass ich vom anderen Ufer bin."

Ich musste laut lachen. „Ich schätze, dann sind Sie wohl fein raus."

„Aber mal im Ernst", sagte er lächelnd. „Wie ist die Lage? Neugierige Köpfe möchten das wissen."

„Naja ... ja, ich schätze, ich bin single." Ich setzte ein

Lächeln auf, als die Menge erneut zu jubeln begann. Mein Herz rutschte mir allerdings in die Hose und ich atmete tief durch. „Aber eigentlich muss ich Ihnen eine ehrlichere Antwort als das geben", sagte ich und weigerte mich, in Nicks Richtung zu sehen, obwohl ich spüren konnte, dass er mich beobachtete. Ich konnte ihm aber nicht in die Augen schauen und wieder seinen Schmerz sehen. Ich konnte einfach nicht. „Die Wahrheit ist, dass ich mich mit jemandem getroffen habe ... und er war mehr als besonders. Tatsächlich bin ich noch immer verrückt nach ihm."

Stille breitete sich in der Menge aus und selbst Frankie wirkte verblüfft. „Erzählen Sie uns, was passiert ist."

„Wir haben uns miteinander getroffen und alles war perfekt, bis ich alles vermasselt habe", sagte ich mit dem Mikrofon in der Hand und bemerkte, dass ich zitterte. Ich starrte schwach in das Publikum und fand es unangenehm, wie verletzlich ich mich fühlte. Ich konnte die besorgten Gesichtsausdrücke meiner Freunde sehen. „Weiß von den Damen hier jemand wovon ich rede?", fragte ich und sah, dass ein paar Hände sich hoben. „Von den Männern auch, was das betrifft. Heben Sie Ihre Hand, wenn Sie jemals Angst hatten, verletzt zu werden."

Selbst der Sprecher hob seine Hand nach oben und lächelte. „Schuldig", sprach Frankie.

Auf einmal bemerkte ich Courtney in der Menge, die ihre Hand nach oben hielt und eine stille Kraft, die in ihren Augen lag. Ich winkte ihr mit meinem kleinen Finger zu und sie zwinkerte mir zu.

„Nun, ich hoffe, dass es für Sie und Mr. Right nicht zu spät ist, sich wieder zusammenzuraufen", meinte Frankie und warf mir einen ehrlichen, mitfühlenden Blick zu. „Ich garantiere Ihnen, dass ganz Sacramento Ihnen die Daumen drückt, Missy. Ich bin mir sicher, dass begehrte Junggesellen gerade weinen, weil sie ihre Chance bei Ihnen verpasst haben, aber wir alle wollen, dass Sie glücklich sind und wünschen Ihnen nur das Beste. Danke für die Offenheit.“

„Naja, ich danke *Ihnen*“, sagte ich und fühlte mich von der großen Unterstützung von ihm und allen anderen, die sie mir entgegenbrachten, zutiefst aufgemuntert.

„Also, Nick, wie läuft das Geschäft?“, fragte Frankie.

Nick schaute mich mit einem undeutbaren Blick an und ich sah weg. Ich wollte nicht, dass die Welt wusste, dass er der Mr. Right war, von dem ich gesprochen hatte, aber er machte es mit all seinem momentanen Starren ziemlich schwer, dieses Geheimnis für mich zu behalten.

Frankies Augen wurden groß, als Nick nicht antwortete. „Sie sind vor kurzem eine Cross-Promotion für eine Fitnesslinie mit *Fashionably Late* eingegangen?“, fragte Frankie und stupste Nick noch einmal an.

„Sie meinen Fashionably *Date*.“ Nick sah mich mit erhobener Braue an und der Reporter lachte. Nick fuhr fort, diesmal direkt an mich gerichtet: „Aber im Ernst. Wenn Missy Peters vollkommen ehrlich sein kann, dann denke ich, dass es Zeit für Nick Zambini wird, auch ehrlich zu sein.“

„Bitte“, sagte Frankie und wirkte gespannt auf mehr. „Erzählen Sie uns, was in Ihrem Kopf vorgeht.“

„Werde ich“, versprach Nick und spähte zu mir hinüber, bevor er in die Menge schaute. „Dank der Inhaberin dieser gehobenen Boutique ist die Wahrheit, dass ich die besten

Dates meines Lebens hatte und ich möchte, dass sie niemals enden."

Die Leute schnappten nach Luft. Ich bemerkte, wie Courtneys Mundwinkel sich nach oben zogen.

„Also, Missy", sagte Nick und wandte sich mir zu. „Ich wette, du könntest dich mit diesem Typen, von dem du meinst, dass du verrückt nach ihm bist, wieder vertragen. Ich würde sogar wetten, dass er dir bereits verziehen hat."

Mein Bauch schlug einen kleinen Purzelbaum und meine Augen begannen zu tränen. „Wirklich?", fragte ich.

„Wow, danke, dass ihr uns hier den Einblick hinter die Kulissen ermöglicht", warf der Triple S-Ansager ein und blickte zwischen Nick und mir hin und her. „Klingt, als wäre hier mehr losgewesen als nur *Fashionably Fit*. Vielleicht haben sich ein paar *fashionably firm feelings* geformt?"

„Versuchen Sie, das fünf Mal schnell hintereinander zu sagen", scherzte ich, woraufhin man Kichern aus dem Publikum hörte.

„Wissen Sie, Frankie. Mein ganzes Erwachsenenleben hat sich nur um das Geschäftliche gedreht", sagte Nick und warf dem Sprecher einen Blick zu, der nickte, so als ob er es vollkommen verstand. „Hier stehen wir und unterhalten uns über meine neue Sportmodelinie und mein expandierendes Unternehmen, was auch alles fantastisch ist, aber das ist nicht das, woran ich gerade denken möchte. Es gibt nur eine Sache, auf die ich mich im Moment konzentriere."

Ich starrte Nick an und fand, dass ich eine Medaille dafür verdiente, dass mir nach seinem Eingeständnis die Kinnlade nicht bis zum Boden gefallen war – denn dieser Look würde *nicht* so gut auf einem Foto in einem Zeitungsartikel aussehen.

„Und worauf sind Sie konzentriert, Nick?" Der Ansager klang aufgeregt und aus der Menge war ein Murmeln zu hören.

„Ich habe nie gedacht, dass Liebe es wert wäre, an erster Stelle zu stehen, bis ich diese Frau kennengelernt habe, die meine Meinung geändert hat." Seine braunen Augen fanden meine und meine Beine wurden zu Spaghetti. „Sie hat keine Angst, von ganzem Herzen zu lieben, aber sie hat Angst, verletzt zu werden. Und als jemand, der sie liebt, sollte ich verstehen, wie sie sich fühlt. Ich muss besser zuhören."

Ich schüttelte meinen Kopf. „Du bist perfekt."

„Diese Frau ist schnell und scharfsinnig und eine unglaubliche Geschäftsfrau", sagte Nick, wandte sich der Menge zu und hob seinen Arm. „Oh, sie kommt vielleicht manchmal zu spät ..." Er zog eine Schulter nach oben und ein schräges Grinsen formte sich auf seinen Lippen, als ein Gelächter durch das Publikum ging, so als ob alle herausgefunden hatten, von wem er sprach.

Der Ansager kicherte. „Ich habe das Gefühl, dass Sie sich auf dünnem Eis bewegen."

„Oh, das weiß ich", entgegnete Nick und schenkte mir ein herzerweichendes Lächeln. „Wissen Sie, manchmal muss man im Leben einfach etwas riskieren. Eine gewisse Kaffeewagen-Besitzerin hat mich tatsächlich dazu ermutigt, ‚aufs Ganze' zu gehen, wie sie es formuliert hat."

Irgendwo in der Menge war von Courtney ein *Whoop* zu hören. Sie hatte auch mit Nick geredet? Ich sah zu ihr hinüber und sie zwinkerte mir zu, aber ich konnte sie durch die Tränen, die meine Sicht verschwimmen ließen, kaum sehen.

„Was sagen Sie dazu?", fragte Nick die Leute, während er das Mikrofon an seinen Mund hielt. „Finden Sie nicht, wenn ich aufs Ganze gegangen wäre, dass sie dann von ganzem Herzen gewusst hätte, dass ich sie nie im Stich lassen würde?"

Der überwältigende Chor aus *ja, absolut* und *na klar* füllte die Luft.

„Ich denke, Risiken einzugehen und mit offenen Karten zu spielen ist das, worum es in der Liebe geht", sagte Nick und wandte sich wieder an mich, während sich seine Mundwinkel nach oben zogen. Mit diesen Worten ging er hinunter auf ein Knie und zog einen Ring aus seiner Tasche. „Missy, seit dem Moment, als du gestolpert und in meine Arme gefallen bist, habe ich mich in dich verliebt."

Aus der Menge ertönte ein *Ooooohhh*.

„Ich wusste in der Sekunde, dass du die Frau für mich bist, als du dich in den Weg eines Radfahrers, der angerast kam, geschmissen hast und damit Leib, Leben und gewisse Schürfwunden riskiert hast, um das Leben des Welpen eines Fremden zu retten."

Die Menge grölte vor absoluter Freude und er sah zu ihnen. „Oder? Wissen Sie, was ich meine? Das ist ein fantastischer Mensch."

Ich lächelte, meine Wangen brannten. Ich war es gewohnt, als hübsch bezeichnet zu werden. Ich war es gewohnt, als kluge Geschäftsfrau bezeichnet zu werden, aber als guter Mensch bezeichnet zu werden, klang in meinen Ohren wie das höchste Lob überhaupt. Nicks Worte berührten mich direkt in meinem Herzen.

„Kommt zum spannenden Teil", rief Courtney.

Ich kicherte und konnte die Freudentränen, die meine Wangen hinunterkullerten, nicht zurückhalten.

Nick warf ihr einen Blick zu, bevor er wieder zu mir hinaufsah. „Missy, ich möchte den Rest meines Lebens mit dir verbringen. Ich verspreche dir, dir jeden Morgen einen halben Liter fettfreie Latte mit einem Schuss zuckerfreier Vanille und einer Prise Zimt zum Mitnehmen von Courtneys Kaffeewagen zu holen."

Der Ansager kicherte. „Und ein spontanes Sponsoring schleicht sich in den Antrag."

„Nee, nur der beste Kaffee der Stadt", rief irgendeine fremde Person.

Nick und ich nickten beide, da wir diesem Zuruf absolut zustimmten. Der beste Kaffee, die besten Ratschläge und das beste Herz – das war Courtney Carmichael.

„Lass uns von vorn anfangen, *bella*", sagte er leise, während seine Augen zwischen meinen hin und hersprangen. „Willst du mich zum glücklichsten Mann auf Erden machen und mich heiraten? Ich verspreche, dass ich besser zuhören und dich immer daran erinnern werde, dass du die Einzige für mich bist. Was sagst du?"

Und einfach so verschwanden alle anderen um uns herum und es waren nur noch Nick und ich da. Ich machte mir um alle anderen keine Gedanken. Ich sah in Nicks Augen und vertraute ihm vollkommen. Vertraute meinem Bauchgefühl, das mir sagte, dass das hier genau das war, was ich wollte und was die ganze Zeit über der Plan für mich gewesen war, ohne, dass ich es überhaupt gewusst hatte.

„Ja, ich will dich heiraten, Nick", sagte ich und blickte in diese braunen Augen, als ich ihm meine Hand reichte. Er steckte mir den Ring an meinen Finger. Das ganze Publikum begann zu klatschen, als er aufstand, während sein verwunderter Blick mich fragen ließ, ob er gedacht hatte, dass ich vielleicht nein sagen würde. Also sagte ich es erneut: „Ja, Nick. Ja, ja, ja."

„Hier haben Sie es als erstes gehört, meine Damen und Herren", rief der Triple S-Ansager über dem anhaltenden Applaus. „*Fashionably Late* ist ein riesiger Erfolg und wir wissen, dass das bei *Fashionably Fit* auch der Fall sein wird. Ex-Supermodel Missy Peters ist die Inhaberin dieses Ladens und liebt es, tagsüber den Leuten zu helfen, bestmöglich auszusehen und sich bestmöglich zu fühlen. Nach Feierabend retten sie und die Liebe ihres Lebens Welpen. Sie sind genau das Superhelden-Paar, das die Stadt braucht."

Nick grinste bis über beide Ohren und zog mich in seine starken Arme. An seine feste Brust gekuschelt sah ich ihn durch meine Wimpern an und dachte mir, das Einzige, das diesen Moment noch besser machen könnte, wäre, wenn er mich küssen würde – und so, als ob er meine Gedanken gelesen hätte, fanden seine Lippen meine und die Menge jubelte.

Ende

Wenn Sie es genossen haben, Zeit mit diesen Figuren zu verbringen,
lesen Sie auf jeden Fall Michelles Geschichte in:

Es war einmal ein Date
(Ein neuer Versuch für ein Date, Buch 6)

** REGISTRIEREN SIE SICH EINFACH FÜR SUSANS EXKLUSIVEN LESER-NEWSLETTER UNTER SUSANHATLER.COM/NEWSLETTERDE **

ÜBER DIE AUTORIN

SUSAN HATLER ist eine Bestsellerautorin der *New York Times* und von *USA TODAY*, die humorvolle, gefühlsbetonte, zeitgenössische Romantik für Erwachsene sowie Romane für Heranwachsende schreibt. Viele ihrer Bücher werden ins Spanische und ins Deutsche übersetzt. Da sie von Natur aus Optimistin ist, glaubt sie, dass das Leben überraschend ist, Menschen faszinierend sind und Phantasie grenzenlos. Gerne verbringt sie ihre Zeit mit den Hauptfiguren ihrer Geschichten und hofft, dass Sie das genauso gerne tun.

**** REGISTRIEREN SIE SICH EINFACH FÜR SUSANS EXKLUSIVEN LESER-NEWSLETTER UNTER SUSANHATLER.COM/NEWSLETTERDE ****

Hier können Sie Susan Hatler erreichen:

Facebook: facebook.com/authorsusanhatler
Instagram: instagram.com/susanhatler
Twitter: twitter.com/susanhatler
Website: susanhatler.com/deutsch

BÜCHER VON SUSAN HATLER

Serie: Ein neuer Versuch für ein Date

Das eine Million-Dollar Date

Das Doppeldate Desaster

Das Date mit dem Nachbarn

Das Rettungsdate

Das Fashiondate

Es war einmal ein Date

Das Insel-Date

Ein Date in der Stadt

Das Date-Versehen

Das Dekadenz-Date

Serie: Liebe in Christmas Mountain

Der Weihnachtskompromiss

Es war der Kuss vor Weihnachten

Ein zuckersüßes Weihnachten

Ein falscher Ehemann zu Weihnachten

Der Weihnachts-Wettbewerb

Serie: Die Hochzeitsflüsterin

Die Hochzeitsbrosche

Der Hochzeitsverbindung

Mein Hochzeitsdate

Die Hochzeitswette

Das Hochzeitsversprechen

BÜCHER VON SUSAN HATLER

Serie: Lieber ein Date als nie

Liebe beim ersten Date

Wahrheit oder Date

Mein letztes Blind Date

Rette dieses Date

Perfektes Date auf Umwegen

Lizenz zum Date

Zum Date getrieben

Hauptsache up to date

Ein Déjà-Date

Ein Date und nix wie weg

Serie: Blue Moon Bay

Das Zweite Chance-Inn

Das Schwesterschafts-Versprechen

Der Star-Traum

Das Freundschaftscottage

Die Weihnachtshütte

Die Hoppla-Insel

Die Hochzeitsboutique

Der Weihnachtsladen

BÜCHER VON SUSAN HATLER

Serie: Montana-Träume
Das freundlichste Festival
Das atemberaubende Abendessen
Die schönste Boutique
Der unvergessliche Berg
Die herrliche Hochzeit
Die glücklichste Wanderung
Die süßeste Überraschung

Jugendromane
Erschüttert
Das Herzblatt-Dilemma
Sieh mich

www.ingramcontent.com/pod-product-compliance
Lightning Source LLC
Chambersburg PA
CBHW020539160726
47991CB00002B/504